Passage de l'amour

DU MÊME AUTEUR

Histoires dérangées, *nouvelles, Julliard, 1994, et Le Livre de Poche, 1997*

Le Chasseur Zéro, *roman, Albin Michel, 1996, et Le Livre de Poche, 1998. Prix du Premier roman. Prix Goncourt. Prix du Cap de Bonne Espérance du Kosovo 2009*

Ferraille, *roman, Albin Michel, 1999, et Le Livre de Poche, 2001*

Lettre d'été, *Albin Michel, 2000, et Le Livre de Poche, 2002. Prix Maurice-Genevoix*

Parle-moi, *roman, Albin Michel, 2003, et Le Livre de Poche, 2005*

Un homme sans larmes, *Stock, 2005, et Le Livre de Poche, 2007*

L'Eau rouge, *roman, Stock, 2006, et Folio, 2007*

Itsik, *roman, Stock, 2008, et Folio, 2009*

Aujourd'hui les cœurs se desserrent, *roman, Stock, 2011*

Pascale Roze

Passage de l'amour

nouvelles

Stock

Couverture Hubert Michel
Illustration de bande : © Sophie Chivet/Agence VU

ISBN 978-2-234-07154-4

à Claude Delarue

En mer

Mer plate. Nuit sans lune. Voie lactée, étoiles. Pas un souffle d'air. Si le vent ne se lève pas, ils n'atteindront Ajaccio que demain soir. Ils ont coupé le moteur pour dîner. Ils ont joué aux dés à la lueur de la lampe tempête, puis elle a pris le premier quart. Rien à faire sinon veiller au passage de ferries, de bateaux de plaisance. Guillaume a ronflé, s'est tu. La barre repose sur son socle. Le silence règne, profond. De temps en temps un poisson vient agiter la surface de l'eau. Avant d'aller dormir, Catherine a dit : Dieu est là.

La voûte tourne autour du bateau : Mars vient d'apparaître, Cassiopée est au zénith.

Elle respire, son cœur bat, mais ses pensées se sont arrêtées. Eux dorment. Ils lui font confiance.

Il est 3 h 30.

Six degrés trente-deux minutes de longitude est, quarante-deux degrés quarante-deux minutes de latitude nord, au grand large de l'île du Levant.

Elle se lève.

Elle installe l'échelle de coupée en prenant garde à ne pas faire de bruit.

Elle se déshabille, plie ses vêtements, enlève sa montre, la dépose dans une de ses chaussures, et se glisse dans l'eau.

Toute nue. Elle ne s'est jamais baignée nue, éprouve une dérangeante sensation, inattendue. Elle hésite à remonter pour enfiler son maillot. Mais elle ne le fait pas, par crainte de les réveiller ou de faiblir.

La mer est chaude.

Les conditions ne sont pas idéales pour mourir vite.

Elle nage. Elle s'éloigne. Elle se dépêche au cas où Guillaume se réveillerait avant l'heure. Nager jusqu'au bout de ses forces, c'est son idée. Elle mourra d'hypothermie, ou parce que les muscles se seront tétanisés. Elle a quarante-cinq ans pour quelques heures encore.

Quand elle s'estime suffisamment loin, elle se retourne. Pas d'alerte. Ils dorment.

Elle nage. Elle avance. Elle pourrait décider de se noyer tout de suite. Mais c'est un courage ou une force qu'elle n'a pas. Pour se noyer volontairement il faut être costaud, à moins qu'on ne se charge d'un poids. Elle va se fatiguer, et c'est la mort qui la prendra, comme si la mort avait des bras, était quelqu'un, sa tante quand elle était petite. Elle a d'abord nagé la brasse coulée, et pour reprendre son souffle, elle est passée à la nage indienne, sur le côté droit, puis sur le côté gauche. Elle alterne maintenant, elle compte mentalement, vingt brasses, vingt nages indiennes à droite, vingt à gauche.

C'est une excellente nageuse, entraînée. Cela va être long.

Elle boit la tasse une première fois involontairement, s'étrangle, déglutit, s'agite comme un chien, repart. Elle n'a pas profité de l'occasion, n'a pas accueilli l'eau. Il paraît pourtant qu'il suffit de très peu, que ça va très vite.

Elle nage.

Personne n'aura son corps. La terre est bourrée de cadavres, la mer aura le sien.

Elle nage.

L'enfance, le lycée, les cours de théâtre, les espoirs fous, les échecs, les bonheurs trop rares et tant chéris, cela s'est vidé comme l'eau par le trou de l'évier. Sa mémoire est aussi plate et vide que la plaine liquide. Personne n'y va et vient.

Sept, huit, neuf, elle compte. Elle est une impeccable mécanique qu'il s'agit d'enrayer. Elle s'interdit de s'arrêter, de faire la planche.

Nager, c'est avancer.

Elle ne se dirige pas au hasard, elle va vers Mars qui est maintenant bien au-dessus de l'horizon. Elle a donc quitté le bateau depuis une heure au moins mais c'est une heure démesurée parce que chaque seconde y est emplie d'une même sensation : l'eau, la nage, le bruit de l'eau dans les oreilles, d'une même volonté : nager.

Elle a conscience qu'elle ne pousse plus les mouvements jusqu'au bout, qu'elle les recommence trop tôt. Elle corrige en forçant sur l'extension des bras. Douze, treize, quatorze.

Elle nage.

Elle se retourne une deuxième fois. Tour complet d'horizon. Rien. Rien. Pas une lumière, pas une présence. Arrêt.

Tandis qu'elle pivote de nouveau sur elle-même, la panique l'assaille brutalement : deux mille cinq cents mètres de vide se sont ouverts au-dessous d'elle comme sous l'effet d'un coup d'épée. Son corps tout nu se débat au-dessus de l'abysse, se convulse, se recroqueville, se détend par saccades. Elle frappe l'eau des jambes et des bras. Elle avale et crache. Elle voudrait crier mais elle ne fait que suffoquer. Les humains ne sont pas des poissons. La mer n'est pas un milieu pour eux. Personne pour constater l'exploit qu'elle accomplit pourtant : remettre de l'ordre dans ses mouvements, retrouver le calme. Elle tremble encore à grosses secousses mais elle nage à nouveau.

Elle a recommencé à compter, cependant pas de doute, la crise l'a fatiguée, elle peine, le mécanisme va s'arrêter. Est-ce que la sensation que l'on éprouve au moment de mourir aurait à voir avec le vertige ?

Guillaume a réveillé Catherine. Il faut se rendre à l'évidence : leur passagère a disparu. Les habits sont pliés, l'échelle de coupée à poste. Peut-être a-t-elle voulu nager autour du bateau, profiter d'un délicieux moment de solitude dans la mer toute chaude ? Parfois, on se prend dans des bouts de filet de pêche qui traînent à la surface, mais elle aurait appelé et ils auraient entendu. Ils font des ronds dans l'eau, dans l'espoir insensé de la retrouver. Ils appellent. Béa ! Béa ! C'est la nuit, puis l'aube, puis le jour, et ils appellent toujours. Béa ! Béa ! Ils n'ont presque plus de voix. Et dire que leur radio est en panne ! Ils en avaient discuté au moment de partir et choisi ensemble de ne pas en tenir compte : ils ont fait cent fois la traversée sans jamais un incident. Ils lancent sans succès leur fusée de détresse. Ils cherchent si elle n'a pas laissé un mot quelque part, un signe. Pourquoi aurait-elle enlevé son maillot de bain si elle voulait mourir, remarque Catherine. C'est sûrement un accident. À 8 heures, la mort dans l'âme, ils se résolvent à quitter les lieux. Ils mettent le cap sur Porquerolles, le ventre noué, craignant leur responsabilité dans la mort de cette femme.

Le ciel a laissé entrer la pâleur, le halo rose, le premier point du soleil sur la tête de la nageuse posée au-dessus de l'eau comme un ballon. Une brûlure très douloureuse rayonne dans sa nuque.

Trois, quatre, cinq, elle nage maintenant dans la pleine lumière.

La mer toujours aussi plate est couverte d'une brume de chaleur.

Ses mouvements sont de plus en plus petits.

Elle a soif.

Elle s'arrête souvent, se maintient tant bien que mal sur le dos, donne de faibles coups de pied, se retourne, barbote, recommence. Six, sept, huit, le mécanisme est reparti. Le sel brûle ses yeux, ses lèvres, son visage entier.

Elle voulait mourir, cette nuit elle voulait mourir. Catherine n'y était pas pour rien,

Catherine avec qui elle était allée à l'école petite, avec qui elle avait fait du bateau l'été, avec qui elle s'était passionnée pour le théâtre, toutes deux jurant d'y consacrer leur vie. Catherine avait fait du droit, épousé Guillaume, eu trois enfants, tandis qu'elle-même s'était lancée avec ferveur sur les planches. Elle n'avait pas réussi, les engagements étaient rares, de plus en plus rares, et sa vie se résumait douloureusement à l'attente de coups de fil qui ne venaient pas, de rencontres qui ne donnaient rien. Elle se nourrissait de l'illusion que la chance, la vraie rencontre viendrait au prochain rendez-vous. Elle aurait dû décommander l'invitation à naviguer avec eux quand elle avait appris qu'elle n'était pas retenue pour *Les Trois Sœurs*, rester enfermée chez elle jusqu'à retrouver la force de faire bon visage, comme elle savait le faire.

Dès le départ de Marseille, elle avait compris que supporter le sourire attendri de son ancienne amie serait au-dessus de ses forces. Trop tard ! Ils avaient quitté le port et la mer a beau être vaste, on n'est jamais plus enfermé que sur un bateau. Pour comble de malheur, il n'y avait pas de vent. Ils naviguaient au moteur, faisaient du bruit et polluaient, ce qui était vulgaire et absurde comme était vulgaire et absurde la façon dont Catherine feignait de croire que son amie d'enfance menait une « carrière », était « fidèle à leur idéal », alors qu'elle-même n'était qu'une « petite-bourgeoise encroûtée ». Quand ils s'étaient endormis, qu'elle avait entendu le ronflement de Guillaume, la possibilité de les égorger l'un et l'autre l'avait effleurée. Elle avait laissé les images se former en elle tout en sachant qu'elle n'en ferait rien, on n'était pas au théâtre, elle ne savait pas ce qu'était un vrai couteau ni le vrai sang de quelqu'un d'autre. Puis Guillaume s'était tu et le silence écrasant de cette nuit sans vent avait envahi son cerveau. Et dans ce silence, une lucidité soudaine lui avait sauté aux yeux : elle s'était trompée de vie.

Si dure à supporter, cette vérité, qu'il faudrait s'évanouir, entrer dans le coma.

La mémoire se vide, la pensée s'interrompt, le sentiment de soi-même est tel que son visage s'en défigure, méconnaissable à qui la surprendrait en cet instant. Elle s'est trompée de vie. C'est pour cela qu'elle se lève sans faire de bruit. Qu'elle se déshabille et se glisse dans l'eau. Et maintenant voilà près de huit heures qu'elle l'a fait, et elle nage encore, elle est au bout de ses forces, et elle n'arrive pas à mourir.

Elle ne sent plus qu'elle est nue.

Il n'y a plus de téléphone dont on attend la sonnerie, il n'y a plus le visage heureux de la comédienne engagée à sa place, il n'y a que l'eau et le soleil. Et le bruit que fait sa propre nage. Il n'y a que la douleur des crampes, bien plus vivante que celle de la rancœur, parce que la rancœur, on y chute, on s'y abandonne, tandis que les crampes, il faut les surmonter, il faut forcer les bras à pousser l'eau. On ne peut pas faire autrement. On va mourir mais on ne veut plus mourir, on veut pousser l'eau, flotter, respirer de l'air, pas d'eau dans les poumons, nous ne sommes plus des poissons. Pousser encore l'eau, encore une fois, un, deux, encore une fois, trois, quatre. Des poissons il y en a. Ils viennent la voir, ils sont curieux. Un banc de thons l'a accompagnée un bon moment. Et maintenant, il y a quelque chose qui vient vers elle, qu'est-ce que c'est, ses yeux brûlants de sel voient mal à travers la brume de chaleur, quelque chose qui va la tuer, mais elle ne veut pas mourir, quelque chose au-dessus de l'eau et qui vient droit sur elle. Ce n'est que quand elle est tout près qu'elle reconnaît la tête et la carapace d'une tortue, une tortue de haute mer, une caouanne, qui vient la flairer comme le ferait un chien sur la terre, qui lui tourne autour, pointant sa grosse tête hors de l'eau, ne se décidant pas à repartir. Elle est à sa merci. Ses membres sont puissants, s'ils l'effleuraient ils la blesseraient, et elle recule d'abord. Mais la tentation de se reposer est plus forte que la peur. Elle se hisse par l'arrière sur la carapace, elle glisse, puis recommence, puis finit par s'accrocher en passant les bras autour du cou de l'animal. La tortue s'est immobilisée.

Garde-moi, je t'en supplie !

Et l'incroyable se produit, la tortue avance, la tête hors de l'eau, portant la nageuse. La tortue avance. La nageuse voit les membres qui pagaient à travers l'eau claire. C'est une grosse tortue, d'à peu près un mètre cinquante de long. La nageuse se laisse aller contre la carapace, et la petite place d'espoir qui se dégage dans son cerveau se met à pleurer.

Deux corps se tenant ensemble et se communiquant la vie.

On ne peut pas dire combien de temps ça dure, à quel moment la tortue a décidé de se séparer de sa charge. C'est court pour ceux qui sont à terre, et long pour toutes les deux. Soudain leur couple s'est agité. La caouanne, voulant regagner le fond des mers, a plongé tête la première, forçant la nageuse à la quitter.

Elle nage. Vingt brasses, vingt nages indiennes à droite, vingt nages indiennes à gauche ! Elle l'a fait ! Elle le refait et le refait encore. Mais vite, c'est comme un feu de joie dans la mer immense. Vite il fait froid malgré le soleil de juillet, et les crampes reviennent tétaniser les membres. Il ne doit pas être loin de midi. Ses chances de survie s'amenuisent. Elle a maintenant des aveuglements, du noir s'abat dans ses yeux et met du temps à se dissiper. Sur la tortue, les yeux légèrement au-dessus de l'eau, elle a vu plusieurs bateaux aux quatre coins de l'horizon. Et cela a contribué à faire naître l'espoir fou de s'en sortir. Si seulement ils faisaient route vers elle… ou si un bout de bois, ou une bouée de chalut flottait dans sa direction. Son œil à nouveau au ras de l'eau ne peut explorer qu'un petit périmètre autour d'elle.

Trois, quatre, elle ne peut plus.

Elle n'avance plus.

Elle n'avance plus mais elle résiste. Tant qu'il y a de l'air au-dessus de l'eau, elle peut tenir, se maintenir. Ce n'est pas grave de ne pas avancer, il vaut mieux garder ses forces pour le cas où un bateau passerait auprès. La route est fréquentée, les bateaux à moteur profitent de l'anticyclone. Parfois, elle les entend. Elle les cherche mais elle ne les voit pas. En mer, l'ouïe perçoit plus loin que l'œil ne voit. À moins que ce ne soient des bourdonnements d'oreille ?

Elle peut encore tenir, elle a un bon corps, elle l'a bien entretenu, elle peut lui faire confiance, tous les mardis elle fait cinquante longueurs à la piscine, tous les jeudis elle va au cours de trapèze, elle est bonne en trapèze, ça va l'aider.

Elle ne bouge presque plus, juste ce qu'il faut, par réflexe. Elle est au bord de l'inanition, de la tétanie,

...

coup de pied

elle n'est pas morte.

Et soudain, elle le sent. Il la heurte. Ce n'est pas Dieu, ce n'est pas la mort, ce n'est pas Neptune ni un ondin la tirant par les pieds, c'est un énorme caisson flottant devant elle entre deux eaux, qu'elle manque laisser passer dans sa demi-conscience, un énorme caisson sur lequel elle vient s'échouer, un énorme caisson de fer, un container de six mètres sur quatre. La mer n'est pas vide. Elle le savait. On croit qu'on va dans le vide, et il y a encore quelqu'un qui est là, ou quelque chose. Elle se met à genoux sur la tôle et reste ainsi, pliée sur elle-même dans les dix centimètres d'eau qui recouvrent la surface, écrasée de soulagement. Sauvée ! Le soleil va la réchauffer. Les forces vont revenir. Sauvée ! Elle sent dériver le container sous elle, elle aussi a dû dériver depuis qu'elle a quitté le bateau. Le courant Ligure qui traverse le golfe de Gênes l'emmène au large. Qu'importe, la voilà portée, la voilà visible ! Elle n'a presque plus de salive, mais elle essaie d'en cracher un peu sur ses doigts qu'elle passe sur ses yeux brûlants. Dès qu'elle pourra, elle se tiendra debout, pour être plus repérable à ceux qui la cherchent. Car on la cherche sûrement. Ces connards dont la radio est en panne ont bien dû réussir à donner l'alerte ! Quand ils ont coupé le moteur, ils étaient au large de l'île du Levant, six degrés trente-deux de longitude est par quarante-deux degrés quarante-deux de latitude nord, elle n'a pas dû dériver beaucoup.

Midi. La voici debout. Quelqu'un doit venir avant la nuit. Par les airs ou par la mer, mais quelqu'un doit venir. Il faut rester debout. Elle a déjà vu trois bateaux tracer puissamment leur route, mais ces trois bateaux, arrogants et pressés, ne la cherchaient pas.

Attendre ceux qui la cherchent. Ils sont penchés sur les cartes et calculent sa dérive. Ils vont arriver, par les airs ou par la mer. Il neigeait, l'âpre hiver tombait en avalanche, après la plaine blanche une autre plaine blanche, adieu Meuse endormeuse où j'ai filé la laine, elle répète ce qu'elle a appris au cours de théâtre. Elle pense à de l'eau, un maillot, un chapeau, un fruit, un œuf dur, une chaise. Elle pense que c'est pour bientôt. Elle pense qu'elle racontera son histoire, qu'on en fera un film. Parce qu'on va la trouver avant la tombée du jour, c'est sûr et certain. Les journalistes l'interrogeront, elle passera au journal télévisé. Elle est si fatiguée, elle a tellement sommeil, mais il ne faut pas s'allonger. Il ne manquerait plus qu'elle soit endormie à leur arrivée.

D'abord, c'est son cœur qui se met à cogner : un bruit de moteur se rapproche. Cette fois le bruit est modeste. Elle reconnaît le ronronnement paisible d'un moteur de bateau à voile. Et, effectivement, elle voit apparaître la silhouette d'un ketch. Il vient dans sa direction. Elle hurle. Elle hurle en agitant les bras. Mais il est encore trop loin, elle le voit passer à bâbord, il va la dépasser, comment se fait-il qu'il ne la remarque pas ? Non, il ne faut pas nager vers lui. On ne doit jamais abandonner son épave, l'épave est la seule planche de salut du marin perdu en mer. Mais comme c'est difficile de surmonter la pulsion de se jeter vers ce qui pourrait vous sauver.

Que se passe-t-il ? Elle l'aperçoit toujours mais elle ne l'entend plus. Il a coupé son moteur ? Elle écarquille démesurément yeux et oreilles. C'est ça, il a coupé son moteur. Des voix, des cris d'enfants lui parviennent. Si elle les entend, eux aussi vont l'entendre. Elle hurle à nouveau, elle hurle, elle agite encore les bras. Ils doivent bien avoir une paire de jumelles, bordel de Dieu !

Le temps de demander à ses enfants de remonter, le capitaine du voilier fait route vers elle.

Il l'a hissée à bord, évanouie.

Sa femme lui a mis une robe.

Du fond du bateau, elle perçoit comme dans un rêve les ordres des manœuvres d'accostage. Une ambulance l'attend à quai. Un médecin se penche au-dessus d'elle dans la clinique de Calvi. Elle a une perfusion. Les murs, la fenêtre, le bruit de la rue. La douceur des draps.

Dix ans plus tard, elle descend la rue de la Gaîté. Elle passe devant le théâtre Montparnasse, regarde l'affiche. Tous ces noms qu'elle ne connaît pas. Comme ça change vite, un nom sur une affiche ! Petite chérie, qu'est-ce que tu cherchais sur les planches ? Elle se souvient du trac, et du gouffre de la salle noire, béante, animale, plus souvent vide que pleine. Elle se souvient du gouffre. Toujours, sur scène, il fallait surmonter la peur. Tant d'années à être attirée par la peur. Jusqu'à ce qu'elle accepte qu'on pouvait vivre ailleurs que là où ça fait peur, mal et peur. Elle est agent immobilier, de très bon conseil. Elle a rendez-vous avec des clients. Il pleut un petit peu. Un homme joue du saxo au coin de la rue du Maine. Au début, elle avait un peu le trac, craignait de ne pas savoir satisfaire le client, surtout au calme, disaient-ils, il nous faut du calme, nous aimons le calme, elle leur faisait visiter des appartements sur cour et finalement ils achetaient au-dessus d'un carrefour. On se fait des idées. On se fait toujours des idées.

Une première version a été publiée sous le titre Coup dans l'eau *dans la revue* ALIBI 2, *Éditions de La Maison des Sciences de l'Homme, 2010.*

Un poète

Je connais un homme qui distribuait une rose à chacun de ceux à qui il avait donné rendez-vous, qui avait prévu une rose pour chacun, une rose pour moi. Je suis arrivée en retard, je ne sais même plus pourquoi, et j'ai quand même eu la rose. Parce que j'avais couru, parce que j'étais mignonne, essoufflée et les joues rosies par le froid.

Et quand un jour c'est lui qui est arrivé en retard, je ne me suis plus souvenue de la rose et je lui ai donné un chardon amer.

Au rendez-vous suivant, j'ai trouvé une rose.

Il était toujours au-dessus de la mesure, ou en dessous, me disais-je, prétendant, moi, savoir quelle était la bonne, la bonne pour moi.

J'ai craint ce dérèglement comme un appel au malheur.

Je ne voulais pas être entraînée. Je me suis sauvée.

Me posant une question où j'étais seule en cause : pourquoi est-ce moi qui étais allée vers lui qui ne me demandait rien ?

Il m'attirait alors qu'il n'était pas attirant et brutal, mal habillé et sans le sou. Sans ambition professionnelle. Mais poète ! mais poète ! mais bavard ! mais révolté ! mais connaissant son Bossuet et son Racine, et de bonne vieille famille bretonne. Et quand je le connus mieux, profondément bon. D'une bonté enfouie, discrète et irréductible et qui au fil des ans allait affleurer à la surface, envahir la totalité de la surface. D'une bonté qui n'obligeait pas. Un très grand cru.

Il faisait souvent le pitre. Vraiment le pitre, brutalement le pitre, croyant faire rire et ne le faisant pas. Cela mettait mal à l'aise. On avait envie de lui souffler : arrête ! Je me retenais par crainte de le vexer. Et lui, comme c'est drôle maintenant que j'y pense, il me vexait souvent, il avait besoin de me vexer, alors qu'il était d'un autre côté la bonté même.

Je ne savais pas me plaindre. Je commençai à vivre ailleurs.

À force, je l'ai quitté.

J'aimerais bien savoir si d'autres couples vivent la même chose.

Mais bien peu, je le sais, reçoivent des roses quand ils arrivent en retard.

Le chevalier de Doublecœur

La voiture est au garage. La voiture surbaissée, décapotable, bleu électrique, équipée d'un turbo qui la fait bondir. Avant l'hiver, l'ami Frédéric a déconnecté la batterie. Pendant l'hiver, une famille de loirs a fait son nid sur le moteur. Au printemps, quand elle est entrée dans le garage avec le jeune Brice, qu'ils ont ouvert le capot, les loirs se sont enfuis, un bébé sans poils est tombé, poussant de minuscules couinements. Elle a dit à Brice : cette voiture, nous allons la vendre.

Et maintenant c'est le mois de juillet. La batterie a été reconnectée, la voiture a démarré au quart de tour. Brice l'a emportée.

Le conducteur, lui, est fatigué.

Son corps est une ruine. On voit les os sous la peau, les fesses ressemblent à deux petites outres vides, le ventre est gonflé. Les mains qui étaient menues et potelées, féminines, se sont démesurément agrandies, les doigts commencent au poignet. Ses beaux cheveux, sa coiffe de chevalier comme dit sa femme qui lui trouve depuis toujours un visage de vitrail, s'étiolent.

Chaque jour le chevalier se lève. Pour se lever, il faut d'abord s'asseoir dans le lit. Il se tourne sur le côté, s'accoude sur son bras droit pour redresser son buste, de son bras gauche prend appui sur le poing de sa main droite qu'il a préalablement levé et tâche de se hisser à la verticale et de mettre les jambes par terre du même élan. Une fois assis, il peut se mettre debout. Il peut marcher, un peu. Il ne peut plus conduire.

On sent dans la maison que le garage est vide.

On sent la maison comme une chasse autour du corps, du visage, des yeux. On sent que la maison retient quelque chose. Le chevalier a commencé à rendre son âme. Non pas encore à Dieu, non pas encore à ceux qui l'aiment, mais à la maison, à chaque objet qui la compose et lui fait compagnie.

Son âme à sa table de bureau, au petit singe en or, à l'éléphant de pierre, son âme à la cheminée, aux tomettes, son âme à la fenêtre.

Son âme à la tapisserie des Flandres et à la tenture du Kerala.

Son âme à ses livres obstinément rassemblés.

Son âme à ceux dont il est l'auteur, placés dans les rayonnages parmi les autres, qui sa vie durant le tourmentèrent jusqu'à la folie.

Son âme à la chaise percée, aux tubes de crème, aux seringues vides.

Son âme à sa robe de chambre, à ses chaussettes, au parapluie de son grand-père.

Voilà un an que la voiture n'a plus servi. L'été dernier, il est descendu seul dans le Gard, s'arrêtant à Saint-Flour à l'aller dans un petit hôtel à la vue phénoménale – l'hôtelière jetait des coups d'œil craintifs à sa mine décavée – et rentrant d'une seule traite. Il était arrivé par surprise, sans s'annoncer, à bout de fatigue, la peau tirée sur le visage par l'air et la vitesse. J'avais envie de rentrer, avait-il dit à son épouse en faisant sauter le bouchon d'une bouteille de crémant très frais avant de s'installer dans le fauteuil du jardin, exactement comme au temps où il courait le monde des montagnes de la Géorgie au désert de l'Australie, portant déjà son cœur malade mais à l'époque efficacement bardé d'un pacemaker, ce pourquoi sa femme l'avait adoubé du titre de chevalier de Doublecœur. Tandis que déjà l'année dernière... ne parlons pas du temps présent où le laboratoire d'analyses, l'hôpital, sont devenus les uniques destinations. Aujourd'hui la pile stimule un muscle en phase terminale.

Le cœur du chevalier ne le porte plus jusqu'au premier étage de sa demeure. Il a dû renoncer à leur chambre, comme il a renoncé à tant de choses. Il dort à présent dans son bureau. La nuit, il erre lentement d'une pièce à l'autre, faisant attention à ne pas tomber. Il s'assoit devant son ordinateur et regarde des films pornographiques – son âme aussi aux films pornographiques, qui ne lui provoquent plus qu'une émotion vaguement mentale –, les nouvelles du monde et de la médecine. Il aime encore la nuit, son refuge, son empire de solitude. La nuit, où il prendra peut-être la décision d'arrêter là... il suffirait de boire jusqu'à la chute totale du sodium, il passe assez de temps devant les sites médicaux pour l'avoir compris. Il ne le fera pas. L'indécision est une des calamités de sa vie. Il laisse les événements trancher à sa place. La nuit, où il se livre à ses activités secrètes, qui furent, depuis la lecture sous les couvertures dans les pensionnats de sa jeunesse, le sel de sa vie. Dans son bureau, tandis que dort sa femme en haut à l'étage, il s'amuse tout seul. Il se prend en photo.

Il se tire le portrait. Il réalise une série qu'il a baptisée « Autoportraits durs ». Quand elle lui dit : vous devriez vous raser, il répond simplement : pas aujourd'hui, parce qu'il lui faut pour la nuit un poil de plusieurs jours qui accentuera le côté mâle et ravagé qu'il cherche à se donner. Il se compose un visage hautain, lance un regard plein de morgue à son écran d'ordinateur et clique. Essaie ses deux profils, et se contemple ensuite avec satisfaction. Dur de dur. Content de sa facétie, il s'en va lentement dans la cuisine boire un peu d'eau glacée, seulement une ou deux gorgées car il est obéissant. Puis il essaie d'entrer dans le sommeil, cet état détestable que traversent les malaises et les cauchemars.

Toute la matinée, vaguement conscient, il entend sa femme s'activer dans la maison. Il ne se lève plus avant sa venue. Il arrive qu'il garde les yeux fermés quand elle entre dans sa chambre pour avoir encore un peu de solitude. Il arrive au contraire qu'il l'attende depuis longtemps, qu'il se racle la gorge quand il l'entend passer dans le couloir dans l'espoir qu'elle le sache réveillé. Enfin elle entre, celle qui le protège. Elle s'assoit au bord du lit, s'enquiert de sa nuit, lui demande s'il veut un verre de lait. Je veux bien, répond-il, avec un sourire qui transfigure son visage. Elle le regarde boire avec plaisir. Le verre de lait glacé du réveil est le meilleur instant de leur vie présente. Parfois, parce qu'elle est fatiguée, ou de mauvaise humeur, elle ne demande pas s'il veut un verre de lait. Elle sait qu'il le veut mais elle attend qu'il le demande, lui. Elle lui a expliqué qu'elle souffrait d'avoir à devancer ses désirs. Et puis j'ai davantage plaisir à faire ce que vous me demandez qu'à faire ce que j'imagine devoir faire, ou ce que vous me faites comprendre que je dois faire en vous en épargnant la demande. Je ne veux pas avoir à m'enquérir toujours de vos besoins. Je veux que vous me les disiez. Il avait convenu qu'il comprenait. Mais en fait il ne comprenait pas. Pourquoi ne l'aimait-elle pas tout simplement ?

Aujourd'hui, il est debout, habillé vers 3 heures de l'après-midi. Il prépare avec lenteur et soin son petit déjeuner, comme il l'a toujours fait. Il fait beau. Il le prendra sur la terrasse. Deux tartines grillées au cenovis sans sel, un second verre de lait glacé, un brugnon, le téléphone portable dans sa poche qu'il faut s'exercer à ne jamais oublier. Un livre, *Le Déclin de l'Occident.*

Que peut-il arriver dans une journée pareille, quand accomplir les gestes quotidiens requiert l'entièreté de la présence physique et psychique ?

« Ce livre, résultat de trois années d'effort, était achevé dans sa forme première quand la Grande Guerre éclata. » Ainsi débute la préface du *Déclin de l'Occident*. Il pose le livre. Trop grand, trop fort, trop loin. Pourtant ce livre, quatre cents pages pour le seul premier tome couvertes d'une typographie minuscule, l'a passionné, a stimulé sa pensée, sa création. Des phrases soulignées témoignent de sa lecture attentive. Il feuillette au hasard, allant d'une page à une autre : « Nous n'avons qu'à nous transporter en Alexandrie de l'an 200 avant J.-C. pour connaître le tapage artistique avec lequel une civilisation cosmopolite sait s'illusionner sur la mort de son art. » Cette phrase-là, doublement soulignée, lui parle encore, le concerne encore. Dès sa jeunesse, il a éprouvé le monde comme derrière lui, et c'est pourquoi il est allé vers les civilisations anciennes et c'est aussi pourquoi les personnages de ses romans se débattent tous dans le sentiment de la faillite, financière, artistique et morale. Il croque dans la tartine, pose ses lunettes, lève les yeux vers le jardin, sans le regarder vraiment. Le chevalier de la faillite est assis, dépouillé de projets, la bouche pleine du cenovis de son enfance, sous le regard de sa femme dans son rôle d'infirmière. Hier le résultat des analyses de sang était catastrophique. Le chat de Michel approche. Michel est mort et son chat cherche la compagnie de ceux qui l'ont connu comme on aime à parler d'un cher disparu. Michel aimait les étoiles et beaucoup d'autres choses, l'informatique, la science-fiction, ce chat. Les étoiles, l'informatique et la science-fiction, ce chat vivaient ensemble dans le corps de Michel et les voilà maintenant retournés à leurs places séparées. Michel est mort, son ami Philippe aussi. Philippe s'est suicidé, Philippe à qui il servait de modèle. Pourquoi me donner la peine de me suicider puisque je vais mourir, je le sais. On entend les moissonneuses. Le verre de lait est fini.

Sitio, j'ai soif. *Sitio*. C'est ainsi qu'il a connu sa femme, autour des *Sept Dernières Paroles du Christ* de Haydn, quelle ironie ! Elle a voulu diviser le verre de lait en deux : moitié au réveil, moitié au petit déjeuner. Il a tenu bon. La soif humilie. Elle vient s'asseoir à côté de lui et lui demande, de son ton « gentil d'avance », ce qu'il lit. Elle ne sait pas qui est Spengler. Plus personne ne lit Spengler. Elle propose d'aller marcher sur le chemin, un petit peu, jusqu'au premier chêne, puisqu'il fait beau. Tout à l'heure, dit-il. Elle n'insiste pas. La maladie les a fondus ensemble, eux qui revendiquaient leur liberté. Ils essaient de le bien vivre. Et puis elle a peur, l'hôpital dit qu'il faut faire une transfusion, ce n'est peut-être pas prudent de marcher.

Il pense à Bruce Mac Vickar, un de ses personnages pour qui il a le plus de sympathie, qu'il semble s'évertuer à plagier, rapatrié à la campagne dans un cottage anglais, le cœur malade, évincé de l'Université, s'en allant tous les jours pêcher dans une rivière où, de mémoire d'homme, jamais on ne pêcha aucun poisson mais où, lui, pêcha sa mort (sa femme avait suggéré qu'il murmure : ça mord au moment de passer l'arme à gauche, mais pour ces jeux-là, il n'a – n'en déplaise à son époque – aucun goût).

Il fait semblant de lire. Cela le décharge de trouver une occupation.

La cloche sonne 4 heures.

Dans cette calme journée de campagne où rien ne se passe, il pourrait pourtant arriver une chose bien plus surprenante que tout ce que le chevalier a pu imaginer dans ses romans. Il pourrait arriver que l'hôpital téléphone pour lui annoncer enfin qu'un cœur l'attend. Le cœur d'un autre qu'un chirurgien substituerait au sien. Quelle extravagance ! Un homme qui a été pensionnaire dans des collèges catholiques toute son enfance ne peut pas ne pas penser à la parabole du vieux vêtement qu'on rapièce d'un morceau de tissu neuf. ET TOUT SE DÉCHIRE AUTOUR DU TISSU. Il faut arrêter de penser, refuser, s'aveugler, laisser faire le destin. Plus de salive dans sa bouche.

Il aurait dû prendre une plus grande tasse de lait. Elle dit qu'il faut prendre de l'eau dans sa bouche, la faire tourner, la recracher. Nom de Dieu, elle va voir comme il va le faire, recracher, lui qui boirait le Rhône ! Il se dirige vers la cuisine où elle est en train de ranger les courses. Il ouvre le frigidaire et qu'est-ce qu'il voit ? Qu'elle a acheté des bouteilles de bière de 25 centilitres en remplacement des canettes. Elle a fait ça, à un homme qui meurt de soif ! qui a bu toute sa vie des canettes ! La trahison est inqualifiable. Il va se tirer au plus vite de cette géhenne. Il le peut. Il a vendu toutes ses actions, son compte est bourré de liquide, il va commander un taxi qui l'emmènera directement de ce bled où il croupit à l'aéroport, il prendra un billet d'avion de première classe, lui qui ne s'est jamais offert ce luxe. Il ira mourir à Perth, assis en face de l'océan Indien avec une réserve de CANETTES et de raki. Il en avale sa gorgée d'eau.

Elle vient fermer la porte du frigidaire devant laquelle il est resté figé.

– On y va maintenant ?

– Si vous me proposez l'Australie, d'accord.

– L'Australie, d'accord, quand vous aurez un nouveau cœur.

– Je n'y crois plus.

– Moi, j'y crois.

Mais elle n'y croit pas tant que ça, et aujourd'hui moins que jamais. L'hôpital ne prendra pas le risque d'une greffe si le chevalier n'accepte pas auparavant d'être transfusé, ce qu'il a hier soir catégoriquement refusé. Elle est à deux doigts de dire : soyons logiques, on arrête tout, on part. Mais elle insiste :

– Jusqu'au premier chêne, allez ! Je vais chercher vos chaussures.

– Si vous voulez…

Elle sait qu'il ne faut pas lui mâcher le travail ainsi, qu'il faut se retenir de l'aider, comme par exemple de lui tendre la main pour le lever, ou de préparer ses médicaments. Elle le laisse faire en le surveillant du coin de l'œil, il lui demande de vérifier, et elle se prend souvent elle-même en tort à le féliciter comme un enfant qui aurait bien fait ses devoirs quand il ne s'est pas trompé dans ses deux tas d'au moins quinze pilules chacun. Quand il s'est trompé, elle dit c'est rien, c'est normal, tous ces noms de génériques, on peut pas s'en sortir. Oh, oui, pense-t-elle pendant qu'elle noue ses lacets, partons pour l'Australie, qu'il meure comme il m'en a si souvent menacée, en se saoulant face à l'océan Indien, qu'il meure comme un de ses personnages. Je vais l'aider. Son âme dans ses personnages.

– Allez, on y va.
– Attendez, je vais pisser.

Il est si lent. Pisser prend un quart d'heure. Et quand il sera greffé, supportera-t-il le cauchemar ? Et moi, supporterai-je les soins, la surveillance constante, la peur du rejet ? Aurai-je assez d'amour ? Assez de délicatesse ? De patience ?

~

Le chevalier et son épouse sortent de leur maison. Le chevalier a puisé profondément en lui la force de sortir, par déférence pour elle, sa femme, qui prend soin de lui. Les femmes triomphent toujours, pense-t-il dans un mélange d'exaspération et de reconnaissance. Avant de s'avancer sur la petite route, par goût de la mortification, il va voir le garage. Il ouvre la porte et contemple l'espace vide et sale, où traînent des feuilles mortes, des bouts du kapok servant à isoler la citerne de fuel, et au sol des traces d'huile de moteur. Son âme au garage vide, aux brins de kapok et aux traces d'huile. Nous n'aurions pas dû nous séparer de la voiture, se dit sa femme. Ils vont vers l'ouest. Elle règle son pas sur le sien. Elle lui rappelle que Claire et François vont venir pour le 14 Juillet. On va jusqu'au chêne, dit-elle du ton de tout va bien, c'est-à-dire cinquante mètres, ce qui fait cent aller-retour. Ils avancent. À le voir tant peiner, le tragique de la situation la submerge. Que faire ? Qu'inventer ? Que lui raconter ? Ou alors plutôt se taire. Le laisser ou lui tenir compagnie ? Le soir, il aime bien le feu dans la cheminée, et la couverture électrique dans le lit, car plus il a chaud, mieux il se sent. Il prétend qu'il ne s'est jamais mieux porté que dans les 50 degrés du désert australien. De ce désert australien, il lui avait envoyé une carte : « Si vous me trahissez, je vous tue. » Elle devrait revenir sur le sujet de l'Australie. Il s'arrête pour respirer. Elle s'arrête aussi. Avant de repartir, il dit :

– Quand j'aurai un nouveau cœur, je m'achèterai une Jaguar.

Elle le prend dans ses bras. Il sera transfusé.

Avant quoi ?

Zut ! il pleut ! Elle n'a pas pris son parapluie, sa robe sera trempée en moins de deux. Elle court jusqu'au Nadir, pose ses paquets sur une table et commande un Perrier. Une chance qu'elle ait fini ses courses. Elle est très contente du cadeau qu'elle lui a trouvé, une petite tabatière chinoise en corail rouge, qui sent encore l'opium. À un homme qui aime le luxe et la volupté, il est facile de faire des cadeaux. Sept ans, on dit le chiffre critique, des racontars ! Et lui, qu'aura-t-il trouvé ? La montre peut-être... les montres, on n'en porte presque plus... Tous ces événements qui arrivent, qui les agite ? Les mauvais, on s'y attend, mais les bons, quel mystère... Qui se débrouille pour agiter les bons... ?

Dieu, répond sa sœur, le hasard, dit Stéphanie, et Sonia dit c'est toi, parce que tu veux que ça marche, parce que tu positives tout. Tu as une nature facilitante. On aurait dit qu'elle le lui reprochait. C'est vrai, elle en convient, mais est-ce que ça suffit ? Est-ce que ça suffit d'avoir une nature facilitante pour que les événements se présentent ? Des événements inattendus et qui enclenchent un tournant positif. Elle se demande s'il existe un mot dans la langue française pour qualifier ces événements. Favorables peut-être, bien que ce soit trop général. Attentionnés, intentionnés ? J'ai de la chance, c'est tout, se dit-elle en serrant son petit cadeau dans les mains.

Ça qui est merveilleux dans la vie, qu'il y ait des tournants.

Il lui semble qu'elle avance en aveugle, tirée par quelque chose qu'elle ne voit pas, sur une ligne de crête tendue entre les sommets de ces événements, avec un précipice à droite et un à gauche, desquels elle est miraculeusement préservée.

Peut-on dire que la vie est un miracle ?

Elle tient la liste de ces événements à jour, et se la répète, intimidée.

Mais le plus miraculeux, c'est cette sensation. Toujours prête à jaillir. Comment lui est-elle arrivée ? À la faveur de quoi, de quel instant ? De qui ? Parce qu'elle sait bien ne pas l'avoir toujours connue. Elle sait bien qu'avant, elle l'ignorait, mais avant quoi ? Impossible de s'en souvenir. Elle avait mis du temps à comprendre ce qu'elle ressentait, à trouver le mot exact pour le définir, pourtant un mot si simple, si commun : la confiance. Pas la confiance en elle, ni même aux autres. Une confiance foncière, une confiance totale, une confiance en général. C'est normal, quand on a de la chance, dit Sonia. Pas tant que ça. Avoir de la chance ne donne pas automatiquement confiance. Au contraire, se dit-elle en sirotant son Perrier, avoir de la chance est déroutant.

Trois jeunes filles s'installent à la table d'à côté, soignées, souriantes, des hôtesses peut-être ou des esthéticiennes, leur maquillage est impeccable. Elles échangent gaiement leurs adresses, elles doivent être en formation car elles commentent un cours, l'une est vraiment jolie, avec ses cheveux noirs et tirés comme une Espagnole. Et cette femme d'âge moyen qui partage son gâteau avec son chien sur les genoux, et ces hommes au comptoir qui ne quittent pas des yeux l'écran de télé… quelqu'un leur fait-il parvenir, à eux aussi, de bons événements ? Leur fille leur téléphone-t-elle pour leur dire :

Papa, j'ai réussi le concours d'entrée au conservatoire, le médecin leur annonce-t-il que leurs radios sont excellentes, et celui à la mallette en skaï, a-t-il eu droit par exemple à une augmentation, comme ça, un jour, gratuitement, sans qu'il se soit échiné, tué au travail ? Il pleut un peu moins. L'eau pourrait tomber du ciel à jet continu, ce serait pénible, au lieu de quoi elle tombe en gouttes, quelle merveilleuse invention que la goutte. Toutes les vies humaines sont comme des gouttes, les unes à côté des autres, les unes après les autres. Un professeur a bien conscience de cela, à voir passer les rangs d'élèves classe après classe. Et pourtant que de tournants, que de rencontres... C'est Laurent qui lui a fait prendre le tournant de la volupté. Ils se font du cinéma, des genres de courbettes adorables. Ils s'offrent des délicatesses érotiques. Il a ses petites phrases bien efficaces qu'il lui murmure à l'oreille : tous les voisins sont aux fenêtres et te regardent, ou alors, t'as vu les sauvages à poil sur la rive, t'as vu, t'as vu. Il a trop de soucis en ce moment et plus tellement la tête à ça. Un petit tournant en fait, la volupté, une superstructure, un exercice d'amour, comme faire la cuisine, comme être de bonne humeur, comme supporter l'existence fantomatique d'autres filles dans la vie de Laurent, devenu son mari. Elle prend tout comme un exercice d'amour. Quelle histoire font les filles pour des tromperies. Elles se croient donc capables de représenter le monde ? Sonia dit : tu t'aveugles. Sonia dit : arrête de dire toujours merci même quand on te marche sur les pieds. Mais non. Elle ne se sent pas de droit, c'est tout. Dès qu'elle dit ça, Sonia s'énerve. La vie n'est pas une affaire de rétribution, quand même, Sonia, tu ne l'as pas encore compris ? De quel droit demanderait-elle à Laurent de l'aimer demain parce qu'il l'aime aujourd'hui ? Pas de droit. Et lui non plus, pas de droit sur elle. En revanche des devoirs, oui, ça, les devoirs, oui, nous avons des devoirs. Et de conviction, toute seule à sa table, elle hoche la tête. Avant elle ne le savait pas, mais maintenant elle le sait, elle a des devoirs. Et qui quitterait une fille aussi arrangeante qu'elle ? Franchement, Sonia ! Stop ! Elle ne va pas penser à ça ce soir, ce soir où ils retournent comme chaque année depuis sept ans à la Comédie-Française, ayant loué les fauteuils F23 et F25 où le hasard, ou alors Dieu, ou alors rien, les a fait se rencontrer. Elle réserve le théâtre, il se charge du restaurant. En s'asseyant, ils mettent les cadeaux chacun dans l'assiette de l'autre. C'est si fort, les habitudes. Oh mon Dieu, pourquoi sa vie est-elle si réussie ? On dirait qu'il ne pleut plus.

Elle adresse un grand sourire au garçon en lui demandant l'addition. Elle se réjouit à l'idée d'arriver à la maison, de prendre tout son temps pour se changer. Et la voilà sur le trottoir dont le bitume mouillé renvoie le soleil. Laurent viendra directement du bureau, ils jouent toujours à se rendre chacun de leur côté au théâtre. Oh, se dit-elle comme elle découvre les deux billets dans le tiroir du secrétaire, il a oublié le sien ! Que faire ? Il va peut-être repasser le prendre ? Mais non, il a rendez-vous chez le comptable, à l'autre bout de Paris. Je vais le prendre et mettre un mot à la place au cas où il repasserait.

En prenant les billets, elle éprouve un léger malaise. Elle le chasse, Laurent a tant de soucis en ce moment. Au théâtre, elle attend jusqu'au dernier moment pour entrer dans la salle. Elle se résigne à téléphoner bien que le téléphone soit en principe interdit en ce jour anniversaire. Le téléphone est coupé. Une grande vague de peur la glace, comme autrefois, comme avant. Il est arrivé un malheur. Elle n'a plus envie d'entrer dans la salle, de voir le spectacle. Mais elle ne veut pas encore y croire, à l'accident, à la défection, au nouveau tournant. C'était ainsi avant, mais avant quoi ? Il faut entrer, madame, le spectacle va commencer. Blanche comme un linge, elle laisse le billet à l'entrée et titube vers la porte battante. La lumière s'éteint, l'ouvreuse la dirige du rayon de sa lampe vers leurs fauteuils. Mais comment est-ce possible ? Laurent occupe déjà le sien ! J'ai réussi à rentrer en douce, dit-il en lui pinçant la main. Comme il lui a fait peur ! Comme son cœur a battu ! Comme elle est heureuse d'avoir ressenti une telle frousse pour rien. Encore un coup de chance ! Tu vois, Sonia, je manque encore de confiance.

Dans les Alpes

Autrefois, enfant puis jeune fille, elle prenait souvent le train pour Genève depuis Lyon, et immanquablement l'oppressait le paysage dans lequel elle s'enfonçait : la profonde vallée entre Culoz et Bellegarde, villes qui lui paraissaient si lointaines, si petites, isolées parmi les noires forêts de sapins. Parfois elle devait aller à Annecy ou à Annemasse et il lui semble avoir toujours eu à attendre des correspondances interminables dans des gares vides, uniquement décorées d'affiches aux caractères illisibles tant ils étaient minuscules. Par la fenêtre du train, elle apercevait des fermes, des scieries isolées, et une angoisse lui serrait le cœur. Comment leurs habitants tenaient-ils le coup ? En aurait-elle été capable si le sort l'avait fait naître ici ? Maintenant quand elle va à Genève, que ce soit depuis Paris ou Lyon, elle prend le TGV qui traverse les paysages en bondissant d'une gare à l'autre, la gare de Bellegarde a été métamorphosée en une coupole rutilante et « multimodale » et elle ne pense plus jamais aux habitants. Mais hier, quand il l'a déposée à Culoz – peut-être pour la dernière fois mais ils se sont tant de fois séparés –, le TGV était déjà passé et elle a dû prendre un vieux train d'autrefois dans lequel elle a rencontré un de ces habitants dont se souciait son cœur d'enfant. Elle était si pleine de chagrin qu'elle a failli ne pas le voir. Un train vert, haut sur roues, peu pressé, était entré en gare en crissant de tous ses freins. Dans le wagon chauffé à bloc, la lumière jaune, une lumière de cuisine sur un funèbre repas du soir, éclairait les banquettes en skaï marron clair disposées en carré, comme dans certains trains de banlieue. Elle crut le wagon vide, puis aperçut, tassé dans un coin, un monsieur âgé, à l'allure de paysan endimanché de noir et à l'air endormi. Il devait être bien petit car ses jambes ne touchaient pas le sol. Elle s'enfonça dans la banquette et ferma les yeux dans l'espoir de trouver un peu d'apaisement. Si séparation il devait y avoir, c'est évidemment elle qui en porterait la responsabilité, Thierry s'accommode de tout. Chaque fois qu'elle ouvrait un œil, elle tombait sur les jambes pendantes du paysan, assis de l'autre côté du couloir, et surtout sur ses grosses chaussures noires lacées, aussi larges que longues, épaisses, montantes. Elle se demanda s'il avait des pieds bots même si elle n'avait jamais entendu dire que les pieds bots allaient par paires et que ses pieds étaient manifestement identiques.

À peine le train s'engagea-t-il dans la faille du Rhône que le paysan se laissa glisser de son siège et se mit à arpenter le couloir en boitant. Elle fut frappée par l'expression de son visage : les yeux, ronds comme des billes, étaient écarquillés, le visage cramoisi et crispé. Il regardait fixement devant lui comme au fond d'un trou. Après plusieurs allées et venues, il lui demanda si on pouvait ouvrir la fenêtre, elle acquiesça. Il baissa sa vitre et se réinstalla sur son perchoir. Incessamment maintenant, il se penchait vers ses jambes pour se masser les mollets. Il souffre, se dit-elle, parce que ses pieds pendent dans le vide. Il faudrait qu'il enlève ses grosses chaussures. Pas ici, tout de même. L'homme surprit son regard. Elle détourna aussitôt les yeux mais pas assez vite pour ignorer l'appel au secours qui se lisait sur son visage. Elle ne réagit pas, par fatigue, par tristesse, par négligence. Ou parce que sa vie ne la regardait pas. Sait-on pourquoi on ne fait pas ce qu'on doit faire ?

Le train s'arrêta en gare de Seyssel. Un jeune homme monta, sac à dos, allure sportive. Il salua, s'assit dans un coin et sortit un petit écran. Elle était soulagée qu'ils soient trois. Le paysan recommença ses allées et venues, et le jeune homme, plus sympathique qu'elle, lui demanda ce qu'il avait. Ça lui lançait dans les jambes, répondit le paysan de l'accent chantant des Savoyards. Le jeune homme se proposa de lui faire un massage, c'était son métier. Le paysan le regarda, dubitatif. Il ne savait pas, ne connaissait pas mais il voulut bien s'asseoir. Et quand il se fut assis, le jeune homme prit les deux jambes si courtes, et les posa sur ses genoux, sans se préoccuper des lourdes chaussures. Quand il baissa les chaussettes dont on voyait la marque sur les jambes, le paysan eut un sursaut. Il releva le bas des pantalons et commença consciencieusement son travail. Le paysan gardait les yeux fixés sur ses jambes, et elle les yeux fixés sur son visage qui s'efforçait de contenir son émotion. Il était au bord des larmes. Quand il eut terminé, le masseur dégagea les jambes. Il était visible que le paysan ne pouvait articuler un son. Le jeune homme lui demanda s'il avait une valise, et comme il hochait négativement la tête, il lui installa sous les jambes son propre sac et lui conseilla d'aller voir un médecin le lendemain. À Thierry au début, elle faisait beaucoup de massages. Un jour elle avait acheté un livre technique pour s'améliorer, et de ce jour-là elle n'en a plus fait. Thierry dit que si elle a acheté le livre, c'est parce qu'elle n'avait déjà plus envie d'en faire. Elle sortit de son sac une bouteille d'eau et se leva pour la proposer au paysan qui la but avidement. Elle aurait pu y penser plus tôt. C'est peut-être cela qui provoqua le flot de sa parole, lui dont on avait à peine entendu le son de la voix. Il habitait Boëge. Il s'était levé ce matin à 4 heures pour aller à Quissac à côté de Nîmes sur la tombe de sa femme qui était morte il y a douze ans, l'avait nettoyée, y avait posé un pot de zinnias qu'il avait apporté, les avait arrosés abondamment, s'était assis un quart d'heure à la terrasse d'un bistro puis avait fait le chemin en sens inverse, c'est-à-dire autobus de Quissac à Nîmes, train avec changement à Lyon et tout à l'heure à Bellegarde pour Annemasse où il prendrait un taxi pour Boëge. C'est normal que vous ayez mal aux jambes, lui dit-elle. Sa femme était de Quissac. N'y était jamais retournée. Quand elle était tombée malade, elle lui avait dit : tu me mettras à Quissac. Ça faisait douze ans, et il n'avait jamais manqué de s'y rendre chaque année. Il avait fait son service militaire à Nîmes où elle venait au marché le dimanche avec ses parents. Elle était gamine. Elle disait qu'elle étouffait, qu'elle voulait partir, alors il lui avait proposé de l'emmener. Elle ne savait pas traire, chez eux ils faisaient des légumes. Mais c'était une travailleuse, elle s'y était faite. Elle n'avait jamais rien demandé sauf avant de mourir, d'être enterrée à Quissac. Au début, il lui disait d'y retourner l'hiver quand il y a moins de travail, ça se fait, d'aller voir ses parents, elle ne voulait pas. Têtue comme une bourrique. Comme la tombe, rien à faire pour qu'elle change d'avis. Ils ne seraient pas enterrés ensemble, c'est pas bien pour les enfants. Sans compter la dépense. Et maintenant, il avait mal aux jambes, il savait pas pourquoi il avait mal comme ça, mais merci, ça va beaucoup mieux. C'était la première fois qu'on lui faisait un massage. On lui avait enlevé les amygdales petit en l'étouffant avec un masque. Bellegarde arriva, toute lumineuse, pour mettre un frein à l'élan qui l'emportait, il aurait parlé jusqu'à Moscou. Ils descendirent.

Et depuis, elle regrette de ne pas avoir demandé le nom de la morte, cette morte qui aimait les zinnias et avait prononcé cette phrase, j'étouffe, je veux partir, celle-là même qu'elle avait dite elle aussi, enfant. Cette phrase que le paysan n'avait pas oubliée, avait textuellement répétée, j'étouffe, je veux partir, ce sont des mots de femme. Sans doute était-ce elle qui avait planté ces zinnias, fleurs si vives et gaies, et, douze ans après, les zinnias subsistaient. Pourquoi avait-elle voulu pourrir dans le même trou que ses parents, biffant par ce retour toute une vie, la décision de toute une vie ? Ou croyant l'avoir biffée. Car c'était compter sans la ténacité de son mari. Douze ans de pèlerinage, douze ans avec ses courtes jambes et son pot de zinnias, lui qu'un peu de caresses avait ouvert comme une noix et à qui elle n'avait jamais dit : je me mords les doigts d'être partie avec toi, j'étouffe, je veux partir, n'osant pas se formuler ces mots une deuxième fois, les ravalant, s'interdisant le regret, bien qu'elle entendisse les rochers des Alpes grincer comme des dents. On est en octobre, ce sont les derniers zinnias, surtout là-haut. Il fallait qu'elle les ait semés contre un mur abrité du vent et chauffé par le soleil, un peu à l'écart de la cour et des enfants qui piétinent tout, les zinnias de toutes les couleurs, les zinnias d'une femme qui avait tenu le coup, mais seulement jusqu'à la mort, comme s'il y avait autre chose après, autre chose pour réparer.

Arrivée à Genève, elle a rejoint l'hôtel des Armures. Elle a pris le papier de l'hôtel et a écrit à Thierry : J'étouffe, je veux partir. S'il n'avait pas fait une scène au restaurant, ils ne seraient pas arrivés en retard à Culoz et elle n'aurait pas raté le TGV.

Passage de l'amour

C'est un enfant éclatant, aux joues pleines, à l'œil vif.

On le croquerait.

Content et sûr de lui, il marche le long des chemins, son carquois à l'épaule, prenant indistinctement pour cible tous ceux qu'il croise.

Vous voilà blessé. Profitez-en. La pointe de la flèche est trempée dans son éclat qui maintenant vous nimbe. Vous avez sa force.

Profitez-en : la peau repousse, l'orifice se refermera.

Mais pas tout de suite.

Pas tout de suite.

Vous avez ce temps, ce temps compté, pour glaner quelques renseignements personnels sur l'amour, pour augmenter le prix de la vie.

Ne traînez pas.

Qui dit qu'un jour il ne se lassera pas de courir nos chemins, le bel enfant, qu'ôtant son carquois il ne s'assoira pas au pied d'un arbre en maugréant : j'en ai marre.

Week-end à Cabourg

Dire qu'elle aurait pu venir seule, quel besoin lui a pris de préciser que les conjoints étaient invités ? Elle a voulu fanfaronner bien sûr, mais également lui faire plaisir. Elle aurait eu peine à le laisser à Paris, peine ou mauvaise conscience peut-être, ou les deux. Résultat, il arbore sa mine sombre d'écrivain de première catégorie, retranché sur ses hauteurs. Si au moins il avait accepté de s'habiller correctement – les artistes ne s'habillent pas en banquier, avait-il dit en refusant de mettre une cravate dans la valise. Le week-end commençait mal. Non seulement il lui inflige la honte de sa chemise au col ouvert, mais il lui fait une scène parce qu'elle danse ! Un homme l'a invitée à danser, il danse comme un dieu, elle en profite, la vie est si chiche. À vrai dire, ils évoluaient dans un espace restreint, entre des tables à peine desservies, des assiettes sales. Des spots multicolores balayaient le casino, la musique hurlait dans une sono mal réglée, elle imaginait bien qu'il ne se réjouissait pas. Tant pis, se disait-elle, qu'il aille au diable, je danse. Mais elle n'a pu s'empêcher, tout en souriant à son partenaire, de le surveiller du coin de l'œil et de remarquer qu'il avait disparu. Alors la mécanique de la femme mariée qui s'inquiète d'un mari ayant fait exprès de sortir pour qu'elle s'inquiète s'est mise en route. Elle est partie à sa recherche et elle l'a trouvé, solitaire, fumant sur le quai. Quelle vulgarité, a-t-il commenté, sur le ton de l'écrivain de première catégorie, Proust doit se retourner dans sa tombe. Elle était en nage, l'air de la mer frissonnait sur ses épaules, la conversation n'était pas très excitante, elle n'a pas insisté. Quand elle est rentrée dans le casino, tout le monde dansait ensemble, surtout les filles. Elle a retrouvé celles du jury, elle aime bien aussi quand les filles dansent entre elles. Il y avait une jolie starlette qui venait de tourner dans le prochain James Bond, une réalisatrice envers qui elle affectait vaillamment l'indifférence alors qu'elle voulait à tout prix qu'elle la remarque. Sa robe, prêtée par Tara Jarmon, gonflait comme un ballon autour de ses jambes. Elle la voyait, Mme Tara Jarmon, qui la suivait de l'œil, amusée. Elle avait failli refuser l'invitation à faire partie du jury par peur de ne pas avoir de toilettes assez belles. Mais l'assistante l'avait rassurée : Tara Jarmon prêtait des robes, et elle était allée en essayer dans l'après-midi, juste après être arrivée à l'hôtel. Celle sur laquelle elle avait jeté son dévolu n'existait qu'en 38, et les habilleuses avaient dû se mettre à deux pour tirer sur la fermeture éclair qui lui corsetait le dos. Comme elle s'est plu dans la glace ! Pile son style ! N'a-t-il pas trouvé qu'elle était jolie ? Pourquoi ne lui a-t-il rien dit ? Et si elle a bu trop de champagne, n'est-ce pas pour oublier sa face de carême ? Le cavalier est venu la chercher par la main et lui a dit : allez, viens, maintenant la suite, c'est au bar de l'hôtel. Elle l'a cherché des yeux, il n'était pas revenu, elle ne le trouva pas non plus sur le quai. Peut-être était-il dans un bistro de Cabourg ? Sur la plage, sûrement pas, il a horreur du sable. Peut-être déjà au bar de l'hôtel, mais non. Elle a dit au cavalier qu'elle avait besoin de monter un instant dans sa chambre, histoire de vérifier qu'il y était. Il y était. Elle entre, ébouriffée, elle dit que son rimmel a coulé, qu'elle vient remettre du rouge à lèvres, qu'elle en a pour une minute, qu'elle redescend. Il est assis dans un fauteuil, devant la fenêtre ouverte, sombre et méditatif, il fume encore, on dirait un de ses romans. Il ne la regarde même pas. C'est déjà fini ? lance-t-il d'une voix ténébreuse, comme s'il n'avait rien entendu. Et elle, depuis le miroir de la salle de bains : non, je redescends au bar, on va chanter. – Avec le banquier (son cavalier portait un smoking) ? – Quoi, le banquier ? Il est pas banquier ! – Vous allez chanter ! C'est ridicule. Il s'est levé, il est debout, face à la mer, lui tournant ostensiblement le dos. Elle est un peu désemparée, elle n'aime pas les crises. Elle a l'idée de se justifier : je te rappelle que je n'étais pas obligée de t'emmener avec moi, je l'ai fait pour te faire plaisir – c'est vrai, quoi, c'est elle qui était invitée à faire partie du jury, pas lui –, et tu me récompenses en me gâchant ma soirée ! – Mais je ne te gâche pas la soirée, vas-y, lance-t-il en se retournant enfin, je t'en prie, vas-y. L'a-t-il trouvée jolie quand il s'est retourné ? A-t-il eu envie d'elle ? A-t-il eu envie de la reprendre au cavalier ou était-ce seulement pour salir sa joie qu'il a lancé ce méchant vas-y ?

Et voilà que de son petit sac jaillit *La Marche turque*. Mon Dieu, mon Dieu, quel culot ce garçon, enfin quelqu'un qui sait ce qu'il veut ! Répondre ou ne pas répondre ? Elle répond bien sûr. Elle attrape son sac sur le pouf en toile de Jouy où elle l'a jeté en entrant et sort son téléphone. Alors, qu'est-ce que tu fais, dit le cavalier, on est tous au bar, Dominique est au piano, Emmanuelle et Sandrine chantent, on t'attend ! Tu entends, tu entends ? Elle entend la chanson *Aux Champs-Élysées*. Ah ! Vous en êtes à Joe Dassin ! D'accord, j'arrive ! Elle lève la tête hardiment : je descends. Et c'est alors qu'il prononce cette réplique, souvenir – ô hommes comme vous êtes parfois peu glorieux ! – de la plus grande douche froide qu'elle ait jamais prise : méfie-toi, je peux disparaître... et elle, à ce moment précis, elle pense oh oui, mon chéri, disparais, disparais, je t'en supplie, laisse-moi libre, débarrasse le plancher ! Et comme devinant ses pensées, inquiet de ce qu'il vient de dire, il ajoute, elle n'en croit pas ses oreilles, il ajoute : ... pour deux ou trois jours. Pour deux ou trois jours ! Deux ou trois jours, alors qu'elle voyait déjà scintiller à l'horizon l'éternité tout entière ! Deux ou trois jours, quelle menace ! Non mais, elle n'en revient pas. Elle jette le téléphone dans son sac, claque le fermoir et se dirige, ulcérée, vers la porte. Fais attention à ce que tu fais, lance-t-il, cette fois d'un ton méchant, blessé. Oh, sa nullité ! elle n'a pas claqué la porte, elle s'est arrêtée, elle s'est retournée comme Orphée et elle a engagé la conversation au lieu de courir dans l'escalier : Et pourquoi devrais-je faire attention ? Il y a des gens (il dit des gens, il n'a même pas le courage de dire des filles, mais après tout il n'y a peut-être pas de fille qui veuille de lui à la maison, enfin pour deux ou trois jours peut-être, elle aussi elle le veut bien pour deux ou trois jours...) il y a des « gens », donc, dit-il, chez qui je peux aller si je le veux. – On peut savoir qui ? demande-t-elle alors qu'elle aurait déjà dû être en bas. Dire qu'ils sont au Festival du film romantique ! – Ça ne te regarde pas, répond-il avec hauteur. Ce n'est pas ton monde. Ce n'est pas son monde ! Elle a suffoqué. Il dit souvent du mal des gens de théâtre, en général elle le supporte parce qu'elle pense au fond d'elle que les gens de lettres valent mieux que les gens de théâtre. Mais cette fois, gonflée de l'énervement qu'elle accumule contre lui depuis vendredi soir, elle sent monter sa colère et elle voudrait bien arriver à faire une vraie scène, une scène qui la vide de sa rancœur à entendre une fois de plus dénigrer les gens avec qui elle travaille, et au fond le monde entier. Ce soir, elle ne voit pas qu'il souffre, que c'est elle la plus forte, elle qu'on désire, elle qui est dans le tourbillon de la vie, lui qui se sent poussé, mis de côté et qui réagit comme il peut. Et qu'au fond, tout simplement, il est jaloux. Jaloux. Jaloux de ne pas avoir de smoking, jaloux de ne pas savoir danser. Jaloux qu'elle, elle se prête avec aisance aux réjouissances, et qu'il ne sache pas le faire. Elle se laisse tomber, furieuse, sur le pouf en toile de Jouy, et attaque : comment pas mon monde ? Tu peux t'expliquer ? Il garde un silence hautain. Et pourquoi il ne me regarde pas, ton monde ? Je lui fais honte, à ton monde, qu'il te faille y déambuler sans moi ? Elle a beaucoup haussé le ton, on pourrait sûrement dire qu'elle crie, mais soudain sa voix trébuche. Elle s'est arrêtée, attentive à ce qui se passait dans son dos. Non ! Non, non, non... Mais si ! La fermeture éclair de sa robe, sa ravissante robe qui a été son alliée toute la soirée, est en train de lâcher ! Horreur ! Elle sent les crans se défaire les uns après les autres. Les deux pans de la robe bâillent maintenant de chaque côté du dos. Jamais elle ne s'est sentie aussi défaite, honteuse, humiliée par son énergie, car c'est elle bien sûr qui a fait claquer la fermeture éclair. Elle n'ose pas bouger, encore moins se lever, la tête penchée vers le sol. Elle ne sait pas s'il a remarqué le drame qui s'est joué dans son dos mais il a bien entendu son silence ! Il n'y a pas de répliques dans son monde pour aider sa femme ? À quoi sert son monde, s'il ne fournit pas de repartie à l'instant qui tue ? Il reste debout sur sa colonne, sur son axe. Il ne lui tend pas la main. Il ne rit pas. Il ne dit rien. Le téléphone sonne à nouveau. Sonne dans le vide. Elle enlève ses chaussures et finit par murmurer : je vais devoir payer la robe.

Elle n'a pas dormi de la nuit. Elle ne s'est pas imaginée en train de descendre l'escalier, nue sous le peignoir, débarquant au bar et remontant dans la chambre du fameux cavalier, sa main déjà glissée dans l'entrebâillement de l'éponge. Ils se sont tenus chacun à un bout du grand lit, le plus loin possible, cela ne leur était jamais arrivé. Il a pris ses somnifères et elle s'est retenue d'avoir l'air vivant. Les yeux grands ouverts, elle a pensé qu'elle ne l'aimait plus.

Au petit jour, elle s'est levée et s'est glissée sur le balcon. Le ciel était entièrement rose, la mer aussi, à marée basse, il y avait des gens au loin, deux personnes, le vrai cliché. Elle avait mal à la tête. Elle a vu passer le danseur courant derrière ses deux chiens. Quelle énergie ! Elle s'est recouchée, il dormait encore, et tout s'est refermé.

Il n'est jamais parti, même deux ou trois jours.

Le cours de danse

Dans les villas du bord de mer, les petites filles grandissent. Leurs mères disent qu'elles ressemblent à des sauterelles sur leurs longues jambes maigres. Mais les sauterelles ne surveillent pas le ciel. Quand passent les oiseaux, les petites filles courent à leur suite de toutes leurs jambes. Elles les appellent en agitant leurs bras trop longs et eux leur lancent de déchirants au revoir tandis que le vent rosit les joues et fraîchit le sang. Une fine poussière blanche couvre leurs chaussures. Elles s'arrêtent au bord des rochers, se penchent au-dessus du vide. Et les mères sortent des maisons pour les ramener dans les jardins.

La nuit, les petites filles regardent à travers les fentes des volets le rayon du phare qui balaie la mer. Elles écoutent le vent souffler en rafales de plus en plus fortes et pensent à leurs pères sur les grands bateaux gris.

Le matin, un car passe les prendre pour les emmener à l'école, une école pleine de religieuses vêtues de robes noires et blanches marchant les mains dans leurs manches au milieu des lauriers-roses et des palmiers. Les seuls hommes sont l'aumônier qui vient d'Algérie et un ancien officier de marine qui tient lieu de professeur de mathématiques aux grandes et qu'elles chahutent sans pitié.

Avant le repas de midi, toutes les demi-pensionnaires sont rassemblées dans la cour d'honneur pour dire l'Angelus. C'est une grande qui sonne la cloche, et la mère prieure qui lance les répons. Elles entrent ensuite dans le réfectoire, elles chantent le bénédicité, elles s'assoient quand la prieure en fait le signe. Parfois, elle ordonne de se relever parce qu'elles se sont précipitées sur leurs tabourets.

Les petites filles des villas du bord de mer se reconnaissent au premier coup d'œil. Elles ont des jupes plissées écossaises et des chandails bleu marine tricotés par leurs mères, des chaussures à lacets, alors que les autres petites filles portent des gilets roses, des jupes à volants et des chaussures à boucle. Les élèves forment deux clans dont chacun a son capitaine, Lola pour les petites filles du bord de mer et Sandra pour les Toulonnaises. Les petites filles du bord de mer n'ont pas droit au titre de Toulonnaises, elles viennent de Brest ou de Djibouti, d'Alger, Papeete ou Diégo-Suarez. Elles restent deux ans, quelquefois plus, puis elles repartent sans avoir connu Le Pont-du-Las, La Sainte-Musse, Claret, tous ces quartiers au nom mystérieux où l'on porte des volants et des chaussures vernies. Quand les bateaux rentrent au port, les pères reviennent dans les maisons. Les petites filles se doivent d'obéir comme des marins pour que leurs pères ne prennent pas en grippe la vie sur terre. Le soir, leurs parents sont invités. Les mères se contemplent dans la glace. Les petites filles admirent leur beauté. Lorsqu'une escadre étrangère entre dans la rade, on entend tonner le canon. Il y aura un bal sur le navire amiral. Les mères font ajouter un dernier point à leurs robes longues, et les pères ceignent leurs sabres. Ils s'évaporent dans un nuage de parfum, laissant les petites à la garde des grandes. Ces soirs-là, ce n'est pas le vent qu'elles écoutent mais leur cœur qui bat tout seul.

Les lendemains de bal, assises sur les rochers, elles se racontent ce qu'elles ont entendu. Dans la paresse des dimanches, leurs mères se sont téléphoné, vous avez vu comme ils ont dansé, *cheek to cheek*, et comme il a maigri là-bas, et elle, la pauvre, Georges est allé l'inviter, elle a refusé, elle faisait une tête ! Les petites filles se font songeuses, il y en a certaines qui pensent : c'est de maman qu'il s'agit. Elles restent immobiles de longs après-midi assises sur les rochers jusqu'à ce que l'obscurité les chasse. Qu'est-ce que vous faites, leur disent les mères, assises comme des statues ? Nous nous écoutons grandir, répondent les petites filles, qui ont fait le serment de ne jamais oublier combien l'attente a été longue et combien elles ont eu peur de mourir avant.

Vous grandissez si vite, dit la mère de Lola.

La mère de Lola s'inquiète pour sa fille dont le corps a tant poussé qu'on doit lui donner des ampoules. Pourquoi ces enfants se penchent-elles au-dessus des rochers ? Pourquoi s'exercent-elles à l'immobilité ? Quand elle en parle aux autres mères, ne vous inquiétez pas, disent-elles, c'est la mer. L'air, le sel, vous comprenez ? Nous étions ainsi. On ne peut rien contre la mer. Mais la mère se souvient de tout autre chose, de la grande maison collée à la ferme au milieu des bois, chaude de lumière, de la Tito-Landi chuintant au-dessus de la table de salle à manger, et des lampes à pétrole alignées chaque soir sur le buffet par les soins de la cuisinière. Les enfants prenaient leur quinquet et montaient dans les chambres. Le chien dormait sur son coussin dans le hall d'entrée et l'horloge sonnait toute la nuit. Maman montait souffler leur lampe et les embrasser. Elle se souvient que, du fond de son lit, elle pensait parfois aux enfants perdus dans les bois, surtout quand soufflait le vent, et il est vrai que le vent sur la mer, on dirait le vent dans les bois. Elle a peut-être eu tort de ne pas inscrire Lola au conservatoire où les petites Toulonnaises font de la danse classique. La danse classique abîme les pieds, avait-elle répondu à Lola qui voulait danser et que le tutu et les chaussons de Sandra éblouissaient. Et puis tu es si maladroite. Oui, elle a eu tort, se dit la mère. Et sans rien en dire elle se rend au conservatoire.

Mais quand elle voit les petites filles, si petites, six à huit ans, et déjà si gracieuses, la mère s'effraie. Elle ne veut pas que sa fille se laisse prendre à cette beauté parfaite et éthérée, qui, à n'en pas douter, la fera souffrir, elle connaît son enfant. Un cours de gymnastique conviendrait mieux. Il y en a un près de l'école. Le soir, la mère raconte à Lola qu'au cours de gymnastique on saute au-dessus des cordes, on grimpe sur une poutre et on fait le pont. Est-ce qu'on a un tutu ? demande Lola. Non, un bloomer et une chemisette. Lola ravale ses pleurs, et la mère n'insiste pas mais ne cède pas non plus. Elle se rend dans chacun des cours de la ville, de quelque danse qu'il soit, rythmique, folklorique et même moderne malgré ce que ce mot a de choquant pour elle, dans l'espoir de trouver ce qui conviendrait à sa fille. Chaque fois, elle frappe à la porte, mon enfant veut danser. Comme la Vierge, se dit-elle en riant, frappant pour demander qu'on l'accueille afin de mettre au monde Notre-Seigneur. Chaque fois, elle regarde, et chaque fois elle dit, non, cela ne conviendra pas à mon enfant. Jusqu'à ce qu'elle arrive au cours de Phyllis Drayson, une Anglaise dont elles ne sauront jamais pourquoi elle est venue en France et vit à Toulon. Peut-être est-ce parce qu'elle est étrangère qu'elle plaît immédiatement à la mère. Qu'est-ce que vous entendez par danse expressive ? demande-t-elle. Mettre le corps en accord avec les sentiments, répond Phyllis Drayson. La mère est étonnée de ce discours sérieux mais elle n'en saura pas davantage car Phyllis n'a pas voulu qu'elle assiste à un cours, et cela aussi lui a plu. Et puis sa fille aura un justaucorps de coton noir avec un simple volant autour des hanches. Cela lui paraît de très bon goût et le volant a le pouvoir de convaincre Lola.

Le cours de Phyllis Drayson se situe dans le quartier du marché. Les petites filles du bord de mer y accompagnent parfois leurs mères qui entrent chez les grainetiers acheter des épices du bout du monde que l'on puise avec une pelle en fer dans de grands sacs de jute, faisant naître des odeurs fantastiques. Mais aucune d'entre elles n'a jamais pénétré chez quelqu'un qui habiterait par là. Elles ont, elles, des maisons, des jardins, ou des appartements ultramodernes avec balcons croulant de fleurs. L'immeuble de Phyllis est vieux. On pousse une petite porte qui donne sur un étroit couloir sombre au bout duquel un escalier conduit aux étages. C'est au premier, a dit sa mère. Lola a les mains moites et le cœur anxieux comme lorsqu'elle va chez le dentiste. Elle ignore ce qui l'attend, mais l'inquiète aussi la vétusté de l'immeuble et l'attention de sa mère. Pourquoi ce soin soudain ? Qu'attend-on d'elle ? Mets-toi là, dit Phyllis en plaçant Lola à la barre, et essaie de faire comme Sophie qui est devant. Anna, la pianiste, plaque les premiers accords.

Oh, maintenant qu'elle l'a retrouvé, combien ce souvenir émeut encore Lola. La salle avec ses glaces était un bain de lumière. Le parquet brillait. Le piano brillait. Et dans le cœur de Lola le cours de danse aussi était un bain de lumière.

Jamais elle ne sut faire le grand écart ni même correctement une arabesque, tremblant sur sa jambe d'appui et incapable de dépasser quarante-cinq degrés avec la jambe levée. Mais la musique éveillait irrésistiblement en elle le désir de mouvement et Phyllis la corrigeait avec patience. Il suffisait des petits accords d'Anna pour lui ouvrir un monde où la vérité ruisselait. N'y aurait-il eu que ces petits accords et ces exercices, elle aurait été comblée. Mais combien plus il y avait ! Tous ces mots nouveaux, assemblé, pas de basque, sissone. Et puis les sauts. Un deux trois et hop, grand jeté, un deux trois, échappé, un deux trois, saut de chat. Elles y allaient toutes avec un tel cœur ! Une fois qu'elles avaient traversé la salle en diagonale, elles couraient se remettre dans la queue. Le meilleur cependant restait encore à venir, l'« expression libre ». Cette fois Phyllis choisissait un disque, et déjà le cœur de Lola battait plus fort, et puis elle donnait le thème : colère, joie, peur, chagrin ou bien le feu, le vent, les vagues, ou bien un personnage : un pauvre, un riche, un orgueilleux. Elles divisaient les élèves en deux groupes, chacun dansait devant l'autre. Il semblait à Lola qu'elle était joie jusqu'au bout des mains et des pieds, ou tristesse, ou colère, ou amour, ou le feu, ou le vent. Il n'y avait plus de dedans ni de dehors. Il n'y avait même plus de cœur et de corps. Il y avait un mouvement, seulement un mouvement dans l'air, de joie, de peur, de chagrin, d'amour. Un mouvement libre et puissant. Quand elle sortait du cours, elle était pleine de confiance.

Deux ans plus tard, Lola quitta le cours de danse parce qu'elle quittait Toulon. Elle l'oublia. Comme elle oublia les courses vers les rochers et les serments jurés entre les petites filles du bord de mer. Elle fit des études de journalisme, se spécialisa dans les ex-colonies, eut un mari, des enfants et des amants, et n'alla plus au bord de la mer que pour les vacances. Le souvenir des cours de danse lui revint un après-midi qu'elle avait distraitement emprunté à son fils un exemplaire du *Phèdre* de Platon, au programme de sa classe. La lecture la captiva immédiatement. Quand elle arriva au mythe de l'âme représentée comme un attelage ailé, elle se rappela avec plaisir l'avoir étudié. C'était si clair, ce cocher qui conduisait deux chevaux, l'un habité par le désir du plaisir et l'autre le goût du bien. Mais elle ne se souvenait pas que le char fût ailé. Les chevaux tiraient l'attelage, mais les ailes le portaient, l'élevaient. Il fallait donc avoir des ailes. Et on pouvait les faire pousser par la vision du beau et du bien car cette vision provoquait une chaleur telle que l'enveloppe de notre âme fondait, ce qui permettait aux ailes, jusque-là recroquevillées à l'intérieur, de la percer.

Lola ferma le livre. Elle connaissait cela, elle avait déjà éprouvé cette chaleur, senti des ailes lui pousser. Elle pensa d'abord à l'amour qu'elle entretenait pour les hommes. Sûr qu'il lui donnait des ailes, mais elle n'avait jamais su dompter son mauvais cheval, et l'ascension était trop cahotique. C'est alors que le souvenir surgit comme une nappe de lumière : le cours de danse de Phyllis Drayson ! Là, à n'en pas douter, elle avait volé. Vers ces mots prononcés par Phyllis, la joie, le vent ou le chagrin, comme un but, comme une merveille, qui brillaient de clarté et procuraient un bien-être intense le temps de leur offrir son petit corps galopant, par ailleurs si maladroit. Et quand on sortait du cours, on rentrait à la maison avec un peu plus de force pour attendre le jour où la beauté entraperçue le temps de cette « expression libre » serait dispensée sans compter, parce qu'on serait grande et libre. On voyait bien qu'elle ne l'était pas dispensée aux parents, cette beauté, mais on était sûres qu'à nous, elle le serait.

Phyllis Drayson. Depuis combien d'années n'avait-elle plus pensé à elle ?

Phyllis Drayson. Voilà que ce visage revient, sa façon de tenir le menton haut, ses cheveux blonds, sa stature grande et un peu forte, sa distance attentive, ses joues couperosées, peut-être s'adonnait-elle au vin ? Son corps était si différent de celui des petites filles. Le livre sur les genoux, les yeux fermés sur sa vision intérieure, Lola laisse la joie du cours se répandre en elle. Sous l'effet du souvenir, une chaleur l'enfièvre. Un duvet de lumière lui vient. Une caresse de plume la fait frissonner. On dirait que quelqu'un lui donne du nectar et de l'ambroisie.

Son fils entra dans son bureau, il cherchait le texte de Platon. Elle lui rendit le livre. Tu l'as déjà lu ? lui demanda-t-elle. Pas encore mais j'y vais, là. Je peux inviter Sébastien à dîner ? On doit répéter la chanson pour le concert. Si tu veux. Il sortit content. Son fils chantait. N'était-ce pas merveilleux d'avoir un fils qui chante ? Elle regarda ses mails. Beaucoup de publicité, Agnès B, Flying Blue, des mutuelles... un appel à communication pour un colloque sur le rôle des sectes religieuses au Vietnam, sa mère qui allait mieux, son mari qui avait trouvé des places pour *La Traviata*. Elle sentit ses ailes s'alourdir. Après le dîner, son mari lui demanda ce qu'elle voulait regarder à la télévision. Elle proposa plutôt de sortir, d'aller boire un verre au Nadir. Mais non, il était fatigué, il avait envie d'un bon film. Ils regardèrent *Meurtre dans un jardin anglais*, qu'ils avaient déjà vu et qu'ils trouvèrent formidable. Son mari s'endormit le premier. Les yeux ouverts dans le noir, Lola se revoyait petite fille courant vers les rochers, et elle eut à nouveau le sentiment que la beauté était devant elle. Il ne fallait pas laisser le sentiment mourir avec la nuit. Sébastien était parti depuis longtemps, son fils aussi aurait dû dormir. Pourtant elle l'entendit passer dans le couloir, ouvrir la porte du frigidaire, se servir une boisson, revenir. Et maintenant de temps en temps il se raclait la gorge d'une façon qu'elle aurait reconnue entre dix mille. Elle regarda l'heure, se leva, l'odeur de la cigarette filtrait dans le couloir. Elle frappa doucement mais il n'y eut pas de réponse. Elle poussa la porte et découvrit son fils, la tête dans les mains, plongé dans la lecture d'un livre qu'elle reconnut tout de suite, *Le Phèdre*. Elle sourit et referma sans bruit.

Supporter

Il était depuis longtemps plié à la rude discipline qu'impose la maladie mais à celle de l'espoir, non. Or, depuis que les médecins l'avaient inscrit sur la liste des patients en attente de greffe, il lui fallait affronter ce fait nouveau : l'espoir. Et pour cela plus que tout il avait besoin d'elle. D'autant que l'attente risquait d'être longue, il y avait beaucoup de patients sur cette liste, des plus jeunes et des plus malades.

Il serait prévenu par téléphone et devrait immédiatement se rendre à l'hôpital. Il devait donc rester à proximité et avoir mis au point une logistique infaillible pour arriver dans les meilleurs délais. Au début, sa femme et lui espéraient à chaque coup de fil, mais à force ils se firent à la déception, sans toutefois relâcher leur vigilance. Elle le quittait peu ou, s'il lui fallait s'en aller, laissait en évidence sur la cheminée la fiche de l'ambulance, avec le téléphone du voisin et de la meilleure amie. Et vraiment, disait-elle, ce serait bien le diable si ce cœur que nous attendons arrivait précisément pendant les quelques heures où je ne suis pas là !

Il avait remarqué qu'elle disait nous, le cœur que nous attendons. Un jour elle avait répondu à un ami qui les invitait, non, nous ne pouvons pas venir, nous allons faire des examens. Elle s'était tournée vers lui en riant : je suis folle. Quand il buvait du lait, parfois elle sentait le lait couler dans sa gorge à elle. Son cœur n'en battait pas moins tout à fait normalement. On ne peut pas s'illusionner sur le partage de la douleur.

Elle entrait, sortait, s'affairait. Moins il bougeait, plus elle bougeait. Mais comme il bougeait très lentement, chacun de ses gestes durait beaucoup plus longtemps, et ainsi une sorte d'équilibre s'établissait dans l'occupation de l'espace. Même ses yeux bougeaient plus lentement. Oh, comme ils se tournaient vers elle quand elle entrait dans la pièce, comme ils se tournaient !

À la fin de l'été, il avait accepté, pour améliorer son état, un séjour dans un centre de rééducation fonctionnelle. Elle venait l'après-midi bavarder, passer le temps si long, lui apporter de quoi enjoliver un peu l'ordinaire. La chambre était à eux. Un peu de bon vin caché dans la table de nuit, des bonbons Ricola ou Haribo dans le tiroir, un ou deux bouquins, son petit iPod pour écouter du Mendelssohn, et voilà que le campement était organisé. S'il n'y avait pas eu l'obligation de prendre ses repas au réfectoire, le personnel disait « le restaurant », il aurait presque trouvé l'endroit supportable.

Ce vendredi, elle avait apporté des raisins sans pépins. Des raisins stériles comme ils s'étaient fait la réflexion, une nouveauté, pas si mal ces raisins. Demain, elle ne viendrait pas, car elle allait en province. Des amis passeraient dans l'après-midi, et dimanche elle serait là. Elle pouvait partir en toute tranquillité.

Elle se rendait en province pour l'inauguration d'une exposition. C'était la première exposition de sa fille et elle avait promis d'être là. Sa fille, sur la tribune, aux côtés des officiels, lui envoyait des petits sourires de complicité, auxquels elle répondait, fière de l'aplomb et de la beauté de son enfant. Elle sortit téléphoner juste avant l'heure où l'on dînait au centre de rééducation fonctionnelle. La journée avait été plutôt bonne. Il s'était rasé, habillé, avait fait un tour dans le parc, les amis étaient venus. Il demanda des détails sur l'exposition. Elle fut vraiment rassérénée de l'entendre, pensa que la transfusion qu'il avait acceptée faisait de l'effet, l'embrassa, lui dit à demain 2 heures.

Maintenant elle pouvait visiter l'exposition sur la naissance du mouvement coopératif ouvrier en Limousin, boire une coupe, serrer quelques mains, découvrir un monde de camps de vacances, de tickets d'achat, de dispensaires, un monde en noir et blanc, mais joyeux, semblant plus simple, plus sincère que le nôtre. On entrait dans de petites boîtes pour visionner le cinéma de l'époque. La musique du *Docteur Jivago* lui fit mal, non pas à cause du film, mais à cause du souvenir de la première fois où elle l'avait vu, sa gaieté de quatorze ans quand elle voyait se profiler la vie, et de tout ce qu'elle avait appris depuis sur les camps soviétiques.

À minuit et demi, une femme du service de réa cardiaque de l'hôpital appela son mari au centre de rééducation et lui dit : il y a un cœur pour vous. Sans doute son cœur eut un premier arrêt devant cette stupéfiante nouvelle, pourtant tant attendue. Elle lui demanda d'essayer de trouver le personnel de garde qui ne répondait pas au téléphone parce qu'on allait venir le chercher le plus vite possible. Il se leva et partit à la recherche de quelqu'un. Il était dans un état d'anesthésie émotive, plus calme que l'infirmière qu'il sortit de son sommeil. Il le lui avait un jour bien expliqué, cet état où on ne sent rien. À minuit quarante-trois, il appela sa femme. Elle ne décrocha pas, peut-être dormait-elle déjà ? Il laissa un message. Il fit sa valise avec l'infirmière. Et juste avant que l'ambulance n'arrive, à une heure zéro huit, appela une seconde fois. Il laissa un deuxième message : *Vous pouvez me rappeler mais pas dans très longtemps j'imagine.*

Elle appela à 7 heures du matin, sur le quai de la gare de Limoges. Le téléphone était sur répondeur.

Quand il avait téléphoné, elle était en train de danser sur la scène du théâtre de l'Union. C'était une belle fête, avec tous les amis de sa fille, avec l'équipe de l'exposition, l'équipe de théâtre, une troupe russe de passage, un monde fou et gai. Il y avait à boire, il y avait des monceaux de victuailles, un orchestre jusqu'à 1 heure, et ensuite une sono formidable. Elles étaient rentrées l'une et l'autre à 3 heures du matin, un peu ivres, elles s'étaient affalées dans leurs lits car un taxi passait les prendre à sept heures moins le quart. Ce n'est que lorsqu'elles arrivèrent dans la gare qu'elle pensa à ouvrir son téléphone. Il y avait deux messages de son mari en attente.

—

Elle se mit à trembler. Il disait : vous pouvez me rappeler, mais pas dans très longtemps j'imagine... Pas dans très longtemps, pas dans très longtemps, la phrase se mit à battre dans sa tête.

Elle téléphona à l'hôpital, la greffe était en cours.

Son train fut annulé, un sanglier avait endommagé la motrice. Elle prit le suivant. Par la fenêtre se succédaient des visions de bloc opératoire. Toutes les heures elle téléphona.

Quand elle arriva à Paris, son mari était toujours au bloc et on lui conseilla de rentrer chez elle. La greffe dura onze heures. On la prévint à 17 heures en lui demandant d'attendre le lendemain pour venir et en la préparant au pire.

Toujours, depuis toute petite, l'euphorie scintillait et la détournait de la souffrance. S'il y avait une chanson quelque part, même une chansonnette, ses pas la portaient, éblouie, elle allait l'écouter. Même un petit sourire, même une fleurette, même un pissenlit, elle y allait, c'était plus fort qu'elle, il fallait qu'elle y aille, qu'elle l'honore, qu'il n'ait pas fleuri pour rien. Elle savait que la joie isole, mais qu'elle était OUBLI, elle venait brutalement de l'apprendre, comme si elle avait ouvert le journal et découvert la nouvelle. Dans le journal elle lisait : tu as oublié ton mari.

C'était cela maintenant qu'il lui fallait supporter quand elle entendait des chansons à la radio, ou nettoyait le rosier de ses fleurs fanées, le rosier jaune contre la maison qui sent si bon. Qu'on n'était pas fiable à être joyeux, au fond oui, elle en avait d'autres exemples. Et cela la rendait triste.

Jusqu'au jour où il lui vint une pensée. La joie, c'était... comme le sommeil... une réparation, une nécessité. Et elle se souvint presque aussitôt que les disciples qui aimaient plus que tout leur Seigneur s'étaient endormis au mont des Oliviers. Ils n'avaient pas fait de chichis, ils avaient dormi, obéi au sommeil. Alors elle revit toute la fin de son mari à l'ombre de cette scène, et elle aima qu'il soit allé sans un ultime encouragement au bloc opératoire, tout seul. Et quand elle s'endormit ce soir-là, elle pensa à ceux qui étaient en train de mourir.

Kuta

Aujourd'hui, pour la première fois, la dissension est apparue entre eux. Oh, à peine, rien de bien grave : elle voulait qu'il vienne avec elle visiter Tanah Lot, et il n'en avait pas envie. Elle est partie seule, prenant sur elle de ne pas bouder, mais son mécontentement était d'autant plus voyant qu'elle essayait de le dissimuler. Elle est si lisible, il semble que tout d'elle accourt à son visage. Lui, au contraire, n'était pas mécontent : il avait enfin fait un accroc à l'inépuisable bonne humeur de sa compagne et, bénéfice secondaire, il disposait d'un après-midi de solitude, ce qui n'était pas arrivé depuis leur départ. Il vérifie le contenu de ses poches, dépose la clé du bungalow à la réception et de son pas de sénateur se rend à son occupation favorite, le bain de mer. Au fond du jardin, une petite porte dissimulée entre les hibiscus ouvre sur un chemin qui serpente à l'ombre des banians et permet d'éviter le trafic de Kuta. Pour une fois, ils sont bien tombés. Pourtant à deux pas de la rue principale, l'hôtel est merveilleusement silencieux. On dirait qu'un dieu a jeté un drap sur les bruits. Des génies veillent dans les arbres, leur a dit le garçon de la réception avec une sorte de dédain morne qui ne lui a pas déplu. Il ne doute pas que ce soit vrai, il croit aux génies, surtout aux mauvais.

Car il ne faut pas s'en faire accroire, c'est bien, mais pas tant que ça.

Il fait lourd et chaud. La pluie menace. D'Europe il pensait qu'ici le ciel était bleu, mais il est blanc. La masse de la forêt attire les nuages et les retient. À Corfou et en Corse, le ciel était bleu, il n'a peut-être pas bien choisi quand elle lui a demandé où aller fêter ses cinquante ans. La mer apparaît entre les arbres. Il est 17 heures. Le soleil chauffe à blanc mais la nuit tombera brutalement à 17 h 30. Il n'y a pas de soir sous les tropiques. L'intense désir d'être en Grèce, dans la langueur d'une belle soirée grecque, en train de siroter un verre de résiné dans un petit port ou sur la place d'un village, lui serre le cœur. Une fois de plus, la maison rose surgit dans sa mémoire. Il la voit, la vieille maison rose avec ses volets vert pâle, nichée sur la côte au nord de Paleokastritsa. Il la voit comme il l'a découverte avec sa femme d'autrefois, au milieu des lauriers-roses et des oliviers, avec sa terrasse au-dessus de la mer. Ils n'avaient pas encore trente ans et la maison leur disait : je vous attends. Ils s'étaient juré d'y vivre un jour et n'avaient pas tenu leur serment, ni celui-là ni aucun autre. Dès qu'il sera rentré, il se débrouillera pour aller là-bas. Mais il se connaît, s'il était à Corfou, il voudrait être à Bali. Quelque chose ne fera pas l'affaire. Parce que plus rien ne fait l'affaire. Depuis quand déjà ? Ne cherche pas, depuis l'enfance.

Le voilà sur la plage. Des peaux roses et crémeuses luisent au soleil, des Hollandaises bavardent en se faisant masser les pieds par des dames fines et silencieuses, des enfants crient, une procession de vendeurs défile, quelques surfeurs cahotent sur les vagues, et le tout commence à refluer parce que la nuit va bientôt tomber. Debout, immobile, il contemple la mer qui gronde au loin sur la barre et vient à lui de rouleau en rouleau, puissante et impassible. Quand il était petit, il regardait les montagnes jusqu'à se sentir devenir un morceau du rocher. C'était une joie déchirante. Ni l'amour des femmes ni ses succès littéraires ne lui procurèrent un tel sentiment de jubilation, qu'il cultiva avec passion dès qu'il fut en âge de voyager, devenu pluie dans la mousson indienne, sable dans le désert australien, mouton sur les rives du loch Ness, olive à Corfou. Et voilà qu'aujourd'hui il tressaille de la même ivresse : le sang bat au rythme des vagues, les poumons absorbent le soleil, le petit homme s'ouvre. Il jouit. La sensation s'efface trop vite, furtive, comme les orgasmes le deviennent avec l'âge, mais il se félicite d'en être encore capable. Il a bien fait de ne pas aller à Tanah Lot, ce Mont-Saint-Michel balinais ! Il plie soigneusement son pantalon et sa chemise de coton grège, les installe sur sa serviette de façon à leur éviter le sable, joint ses deux sandales qui, bien qu'en cuir souple, lui blessent les talons, et se dirige vers l'eau. La mer n'est pas loin. Il frissonne de fraîcheur, prend son temps, avance précautionneusement, les bras écartés saute sur les premiers rouleaux. Pourquoi le sérieux le fige-t-il si souvent alors qu'il aime jouer comme un enfant et mettre des bonbons dans sa table de nuit ? Les baigneurs commencent à rentrer. Il vit à contretemps. Il mouille ses bras, sa nuque. Cinquante ans ! Un âge où on est censé faire le point dans sa vie. Quand il fait remarquer à sa compagne d'aujourd'hui combien il a jusque-là eu peu de chance, elle se vexe, en son nom et au nom de toutes les femmes qui l'ont aimé – et qui sont, le lui rappelle-t-elle, nombreuses car il éveille chez elles, ajoute-t-elle, le désir d'être aimées de lui. Les femmes veulent être aimées, c'est entendu, mais lui, le veut-il ? N'a-t-il pas constaté que leur amour lui porte malheur ? D'où viendra le malheur avec elle ? D'où pourra venir le malheur avec une fille si joyeuse, si sensible à son goût pour les carafes et les chandeliers ? Le malheur ne manque jamais d'imagination. Elle pourrait se mettre à écrire puisque tout le monde s'y met. Pas de pire châtiment, se dit-il, qu'une femme qui écrirait. En attendant, ils ont raflé les bougies du minimarket, et de voir combien elle aime ça, baiser à la lueur des bougies, il en est tout ragaillardi. Oh, la grosse vague ! Il plonge au milieu du rouleau, tête la première dans le brouhaha, les vives éclaboussures, l'eau fraîche. La vague croule derrière lui, sa tête émerge, le regard au ras de l'eau, ébloui. Ses nerfs se dissolvent dans l'océan, il fait quelques brasses sous l'eau, s'ébroue, se relève, attend le prochain rouleau et hop, il plonge à nouveau. Et hop et hop. Cette nuit, pendant qu'ils faisaient l'amour, des chiens ont aboyé, et maintenant les vagues aboient et il bande. Le soleil approche de l'horizon, il franchit la zone des rouleaux et nage vers lui. Comme tout est calme à présent. Il boit la lumière. Et à nouveau la maison rose apparaît avec les volets verts, c'est incroyable comme il la voit. Sur la terrasse il y a deux petites silhouettes qui lui font signe. Il nage vers elles, le cœur plein de joie, mais voilà que le ciel s'embrase de rouge et que la maison sombre avec le soleil, d'un seul coup. D'un seul coup c'est la nuit, la nuit noire des tropiques. Il cherche à poser le pied par terre mais il n'a pas pied. Il se retourne et sent immédiatement le courant lui faire face. On l'avait prévenu que la plage était dangereuse. Les rouleaux ne sont qu'à une vingtaine de mètres devant lui, ce n'est rien, il est fort, de constitution athlétique malgré son cœur fragile, mais il met longtemps, longtemps à s'en rapprocher. Une fois à leur hauteur, reste le plus difficile : les franchir. Il s'applique à sentir gonfler la vague, à profiter de son mouvement puis à nager vigoureusement pour résister au ressac. Une vague, deux vagues, dix vagues, chaque fois il est ballotté d'avant en arrière comme un morceau de bois. Il fait nuit et il n'y a personne. Il n'a pas peur. Il s'applique patiemment. Il est patient. Il a toujours été patient. Peu de gens peuvent se vanter de l'avoir vu s'énerver. Il a complètement oublié ce qu'il raconte toujours, qu'il mourra noyé, un rêve récurrent. Il a oublié qu'il joue souvent à provoquer le malheur. Par exemple, qu'il ouvre sa fenêtre en plein hiver, si possible à la montagne, et se met torse nu sur le balcon jusqu'à ce que ses poumons raidissent comme de l'acier glacé. Par exemple, qu'il porte les filles dans ses bras, dans ses deux bras comme une offrande, les maigres comme les grosses, le plus longtemps possible pour narguer la poigne qui lui broie le cœur. Par exemple qu'il monte sur les temples khmers ou aztèques sous le feu ardent du soleil. Il ne pense rien, il tente sa chance à chacune des vagues. Patience ! Patience encore, rouleau après rouleau, jusqu'à ce qu'il sente que ses genoux cognent le sable. Il a été emporté plus loin, ou alors on est à marée montante, ou alors il a vaincu la force du ressac, mais c'est un fait, il s'est posé sur le fond, comme on le dit d'un navire qui échoue sans qu'il y ait choc, le sol est là et il peut se mettre à quatre pattes, avancer à quatre pattes. Il se lève, transi de froid. Avec ses dernières forces il franchit en titubant l'étendue de sable humide jusqu'à la douce chaleur du sable sec qui rend le soleil reçu toute la journée. Alors il se laisse tomber à plat ventre, collé au sol de tout son poids, incapable du moindre mouvement. Il reste longtemps immobile, soumis à la pesanteur, entendant vaguement autour de lui quelques conversations en anglais, avant de pouvoir seulement tourner la tête et regarder l'heure qui brille comme des lucioles à son poignet : 18 h 20. Il se met lentement debout, mesurant ses efforts et les battements de son cœur, il part à la recherche de ses vêtements sans doute volés. Mais non. Ils sont là, pliés sur sa serviette, faisant une tache blanche dans l'obscurité. Il se sèche, se rhabille en tanguant d'un pied sur l'autre. Première pensée distincte : il boirait bien une bière. Deuxième : elle doit se faire du souci. Allez, bière. Il reconnaît les lumignons de Jalan Padan. Il trouvera un bar dans Jalan Padan. Mais il n'y a pas de bars à Jalan Padan, ni même à Jalan Tangah sur laquelle se trouve l'entrée de l'hôtel. Il faut marcher jusqu'à la rue principale. Il a envie de bruit, de chaleur humaine. De chaleur humaine anonyme. Il s'assoit au premier bar qui se présente. On lui apporte une chope, il se penche pour laper les premières gorgées. Il a envie de rester là, de s'endormir sur sa chaise au milieu du bruit des surfeurs australiens. Il s'endort d'ailleurs à moitié, il rêve qu'il vole. Il manque tomber de sa chaise. Pourvu qu'elle n'ait pas prévenu la police, il faut rentrer, quelle fatigue, il est trop fatigué pour voler.

Et il la trouve, douchée, maquillée, jolie dans sa petite robe fleurie, prête pour le soir et l'amour, les tortillons chinois allumés, tranquillement en train de lire un livre de lui sur la véranda devant un verre de whisky. Le bonheur qu'il éprouve à la voir le prend par surprise. A-t-il eu peur qu'elle ne revienne pas ? Qu'elle le quitte, comme toutes les autres ? Qui a quitté l'autre ? Tout dépend de la façon d'écrire l'histoire. Elle lève les yeux avec un grand sourire mais il doit avoir un drôle d'air car la stupeur se peint sur son visage : qu'est-ce qui vous est arrivé ? Il s'assoit pour le lui raconter. Mais, au dernier moment, il se ravise et : rien, dit-il simplement, je suis resté longtemps à la plage et j'ai pris un verre. Vous n'avez pas eu un malaise ? demande-t-elle d'un ton alarmé. Non, non, et vous alors, comment était-ce ? Elle dit que c'était bien, qu'il y avait le couple d'Anglais qu'ils ont croisé à Tampaksiring, et elle insiste : qu'est-ce qui vous est arrivé ? Et de sentir son insistance, et d'entendre parler des Anglais, et d'anticiper le goût du whisky, sa bouche se coud davantage. Il ne dira rien.

Il a, depuis l'enfance, le goût du secret.

Un nuage de tristesse assombrit le visage de sa compagne – deuxième dissension ? –, mais elle se reprend et propose d'aller commander un dîner au room-service pour qu'ils n'aient pas à sortir.

En se douchant, il est content de n'avoir rien dit. Content comme un enfant qui aurait fait des cachotteries. Mais ce n'est pas une cachotterie. C'est une nécessité vitale : ses combats ne regardent que lui.

Pendant le dîner au lait de coco et à la bière, ils échangent d'amoureux regards. C'est fou, ce qu'il se sent bien – heureux, non, il ne faut pas exagérer, mais bien, oui, presque confiant –, finalement ils ont eu raison de choisir Bali.

Oh, on a oublié les bougies, dit-elle, et elle se lève pour aller les chercher. Le temps qu'elle revienne, il s'est endormi, son verre de bière de travers sur ses genoux. Il sourit. Elle sourit aussi, éteint les lanternes de la véranda, allume les bougies, et contemple ce visage dont la flamme avive encore le mystère. Il lui semble que l'air le caresse, comme la lointaine rumeur de Kuta et le petit bruit de l'eau qui sort du bungalow voisin. Il dort et on dirait que la nuit tout entière l'accueille, le fête, l'aime sans poser de questions.

Une enfant

Elle a douze ans.

C'est un dimanche, en fin de journée. Nous sommes assis dans les canapés bleus du salon, un peu groggy de soleil. Nous avons passé la journée à la plage.

Comme sa mère lui demande d'aller préparer son cartable pour le lendemain, nous nous enquérons de ses progrès à l'école.

Elle aime l'école, elle fait un franc sourire. On s'y met tous pour lui demander ce qu'elle apprend en ce moment.

Elle nous dévisage avec un brin de malice.

Mais si, Marie, tu sais, insiste sa mère, qu'est-ce que tu apprends en ce moment ?

En grammaire ? demande-t-elle.

Oui, en grammaire.

Les questions, lance Marie d'un ton triomphant, son corps se redressant, cambrée comme une petite danseuse.

C'est ça, les questions, pose-moi une question.

Brusquement, riant :

Quelle heure est-il ?

Bravo, nous exclamons-nous (mais nous ne répondons pas).

Comment ça va ? Qu'est-ce que tu veux ? Quel âge tu as ? On dirait autant de balles qu'elle lance autour d'elle.

À mon tour, dis-je, est-ce que tu sais un poème par cœur ?

Oui, répond Marie.

Ah bon, s'exclame le groupe, tu sais un poème ! Récite-le, on veut l'entendre.

Mais elle n'en a manifestement pas envie. Ses yeux regardent ailleurs. Ils essaient de nous échapper.

Nous insistons : allez, Marie.

Elle nous cède, se lance un peu n'importe comment. Je l'interromps : mets-toi debout en face de nous, tiens-toi bien droite, ce sera mieux. Elle le fait. Nous l'encourageons du regard, nous sommes tendus vers sa réussite. Elle recommence : *Conversation/Comment ça va sur la terre ?/Ça va, ça va, ça va bien.*

Déjà dans la réponse elle a accéléré le débit. Au vers suivant, elle est difficile à comprendre, à celui qui suit, nous ne comprenons plus rien. Les mots se bousculent. Happant l'air, elle va d'une traite jusqu'à la fin sans prendre le temps d'articuler, d'aller au bout du mot. Comme s'il n'était pas nécessaire de le prononcer, qu'y penser suffisait. Elle s'arrête, contente. Elle ne s'est pas trompée, elle n'a pas eu de trous et elle nous regarde fièrement, attendant les félicitations. Nous hésitons. Sa mère, doucement, lui explique : tu vas trop vite, Marie, on n'a pas compris. Recommence plus lentement. Avec une moue d'agacement, docilement, Marie recommence. Sur le même tempo. Sa mère l'interrompt tout de suite : Plus doucement, Marie. Marie reprend. Cette fois, elle va encore plus vite. Mais est-ce à cause de nos visages ou bien a-t-elle pris conscience de sa vitesse, entendu quelque chose de ce qu'elle émet, elle s'arrête en plein milieu. Mécontente. Voilà, dit-elle, s'asseyant. Nous nous taisons, ennuyés. Dans notre silence, sa mère lui dit, de sa voix posée, douce, si musicale, une voix qui à la chorale chante absolument juste : tu sais, Marie, c'est plus difficile pour toi que pour les autres, parce que tu es trisomique, c'est pour ça que c'est difficile.

Nous sommes un peu saisis d'entendre ce mot, dont nous savons pourtant qu'il est d'usage courant entre la mère et la fille, la désigner devant nous.

Le petit visage, renfrogné par le ressentiment contre nous qui n'étions pas capables de la comprendre, sourcils froncés, menton rentré, se tourne vers sa mère. Ses traits se lissent, les marques du mécontentement se résorbent. Une émotion l'empourpre, comme sous l'effet d'un coup de soleil. Il me semble reconnaître ce que j'éprouve quand je deviens le centre d'un groupe sans l'avoir voulu. Mais, à la façon dont elle regarde sa mère comme de plus loin, avec circonspection, on devine quelque chose de plus. On dirait qu'elle prend du recul, qu'elle se demande ce qu'elle doit en penser. On voit qu'elle se sent être quelqu'un. Et tous nous nous tournons maintenant vers la mère à qui s'adresse la beauté de ce regard pensif. Et, guidés par l'enfant, découvrons un visage qui a changé en cachette de nous et rayonne d'une force profonde.

Cependant, aussitôt, comme passent les nuages là-haut à une vitesse vertigineuse, si haut que nous ne sentons pas le vent qui les pousse mais voyons seulement se succéder au sol l'ombre et la lumière – il y a tant de choses que nous ne sentons pas, que la terre tourne par exemple –, l'instant s'efface. Marie détourne les yeux, saute vers autre chose, sa Game Boy, et nous faisons comme elle.

Macha

En sortant du Goum, elle se heurte à Vania Berenski. Elle lève le bras devant elle, comme pour effacer l'apparition. Mais il l'a attrapée, la tient aux épaules, la presse avec émotion. Macha, Macha ! Elle cache son sac derrière elle. Des larmes embuent ses yeux. Macha, Macha, répète Vania, incapable de trouver autre chose. Tu habites toujours quai de l'Arbat ? Veux-tu qu'on se voie ? Je suis là ce soir. Macha. Je t'invite à dîner à la Stolica. Pourquoi pas, articule-t-elle avec douleur, à la Stolica. Tu dois m'en vouloir, dit-il, j'ai laissé passer le temps, je n'ai plus osé. Macha est déjà partie.

Elle pose son sac sur la table de la cuisine, range les trois bouteilles de vodka dans le placard. Trois bouteilles par semaine, soit sept verres par jour. S'il n'y a plus rien le dimanche, elle va au bistro, ou chez Vera, ou s'assomme de somnifères. Après la mort de Costa, elle buvait le double.

Elle entre dans la salle de bains, ouvre le petit vasistas pour chasser l'odeur de moisi des salles d'eau staliniennes. Le régime a changé, mais pas les maisons. Le printemps est chaud cette année. Retourne dans la cuisine. Le médecin du travail lui a demandé de noter l'heure du premier verre. C'est lui aussi qui a passé avec elle le pacte des trois bouteilles. Il est 9 h 40. Elle attendra 10 heures. Elle essaie de boire à l'heure juste, pour ne pas avoir à noter qu'elle a bu dans l'heure qui précède. Si elle se lave les cheveux maintenant, le temps de se faire un brushing, elle pourra peut-être même attendre 11 heures. Elle va dans la chambre, oui, elle habite toujours quai de l'Arbat. Elle a réussi à garder l'appartement que Costa avait obtenu après la publication de ses premiers poèmes en biélorusse, dans les grands blocs qui longent la Slovich. Une pièce avec un balcon, une cuisine, une salle d'eau, ils n'en finissaient pas de s'émerveiller. Elle ouvre la penderie bien qu'elle sache n'y rien trouver qui la ferait belle. Depuis la mort de Costa, cinq ans, elle a abandonné la beauté. Elle est mariée avec la bouteille et la bouteille ne va pas le lui reprocher. Le théâtre, si, et d'autres choses encore : la ponctualité, l'exigence. Sa mémoire n'est plus sûre, ni sa présence aux répétitions. Petia ne lui a pas confié le rôle de Vassa, il a engagé Natacha Ilya Dorsky. Je suis depuis trente ans dans la troupe, Petia, je t'en prie, tu m'achèves. Je dois remplir les salles, le public aime Natacha, s'excuse Petia, qui sait qu'on ne peut plus faire reposer sur les épaules de Macha le si beau rôle de Vassa Gelesnova. Je te le jure, je ne boirai plus, donne-moi une chance. Petia ne l'avait pas crue. À quoi bon continuer à vivre ? Elle avait voulu mourir, revenir en arrière, rejoindre Costa dans la mort, Costa qui l'avait écartée, écartée lui aussi, qui avait empêché qu'elle meure avec lui, là-bas, à Tbilissi, dans le car qui emmenait les invités du festival aux monastères troglodytes. En sortant du bureau de Petia, elle avait tellement bu qu'elle s'était réveillée à l'hôpital. Costa n'était pas là à son réveil, Costa était mort. Il tombait dans un ravin, avec tous ses camarades, Nina, Maroussia, Oleg, Dimitri, Ivan, toute l'équipe du film. Tous l'avaient abandonnée, et celui qui n'était pas mort, Vania Berenski, n'était jamais venu la voir. Une fois sortie de l'hôpital, elle avait dû se rendre à la médecine du travail où l'attendait le nouveau médecin. Le nouveau médecin était jeune, beau et bon. Il n'était pas fatigué de Macha comme l'ancien, il ne lui répétait pas à chaque visite : êtes-vous allée aux consultations d'alcoologie ? non ? alors rentrez chez vous. Le nouveau médecin avait regardé le dossier, Macha, le dossier à nouveau puis, sans poser aucune question, il avait dit : si vous le voulez, nous allons nous en sortir ensemble. Elle avait fondu en larmes – une femme de cinquante-trois ans qui pleure devant un homme qui pourrait être son fils – et dit oui. Ils avaient fixé les bornes, elle s'y tenait. Elle sort la robe qu'elle avait précisément achetée pour aller voir Petia, une ample robe colorée à la tzigane, qui cache ses formes disgracieuses. Elle entre à nouveau dans la salle de bains, referme le vasistas, se glisse sous la douche. Costa et Vania. Comme ils s'aimaient ! Vania avait envoyé à Costa ses premiers vers en biélorusse. Il demandait un ami et l'amitié avait flambé. Ils avaient fondé une revue de poésie biélorusse. Puis ils avaient été engagés par Minsk Production pour écrire des scénarios, et très vite Vania avait été préféré. Il était parti pour Moscou. Plus question de biélorusse, Costa fut oublié, ne s'en remit pas. Le seul miroir de l'appartement, miroir, mon beau miroir... dis-moi comme je suis laide... est celui de l'armoire à toilette. Elle a entendu à la télévision une femme vanter la cinquantaine. Elle serait l'équivalent de la trentaine d'autrefois. Mieux soignées, hormones, enfants élevés, les femmes de cinquante ans sont libres et plaisent. Mais la télévision ne parle pas des gens, elle parle des rêves. Même pour les nouvelles, quand ils regardaient les Tchétchènes, elle le savait que les Tchétchènes parlaient de rêves. Cauchemars ou rêves, attention danger ! Elle ne peut pas d'ici ce soir effacer les joues bouffies et couperosées de ce visage mais elle peut se coiffer le plus joliment possible. Ça au moins, elle peut le faire pour elle. Pour s'aider à être digne face à lui. La revue n'avait pas subsisté au départ de Vania, Vania dirigeait tout depuis longtemps. Elle tire sur les cheveux, les roule sur la brosse, s'inflige plus longuement que d'habitude la brûlure de l'air chaud. Ses mains tremblent. Elle coupe un peu sa frange, s'applique à disposer les boucles contre son cou, prend le temps de ranger la brosse et le sèche-cheveux. 10 h 25, comme le temps passe lentement. Parfois, quand elle regarde vingt fois sa montre en cinq minutes pour attendre l'heure juste, elle a jusqu'à la folie la sensation que le temps s'est arrêté. Elle va dans la cuisine, ouvre le placard, se sert un verre de vodka, referme bien la bouteille, bien le placard.

S'assoit. Avale cul sec. Elle avale toujours le premier verre cul sec. Elle sent l'alcool se répandre en elle, l'arroser comme une terre. Elle attend que ses mains tremblent moins pour écrire : 3 mai 2012, 10 h 30. À présent, il lui reste six verres, à raison d'un toutes les deux heures, ce qui la mènera à 22 h 30. Sans compter le dîner...

Assise dans la cuisine... que faire jusqu'à ce soir... elle qui n'y pensait plus... cinq ans. Le 10 avril 2007, la télévision annonça la chute du car avec tous les invités russes du Festival international de Tbilissi. Costa lui disait qu'elle plaisait à Vania. Mais elle était si emplie de Costa qu'elle ne s'en rendait pas compte. Il devait en avoir maintenant, des femmes, Vania. Et des jeunes. Peut-être que non. Vania n'a jamais aimé faire la cour aux femmes. Costa la faisait ouvertement, ostentatoirement. Surtout après quelques verres. Il n'allait guère plus loin que la comédie, il revenait se rouler comme un chat dans leur lit. Mais, après le départ de Vania, la comédie s'était faite lourde et grossière, si lourde et humiliante que cela blessait à regarder. Il se levait de plus en plus tard, travaillait de moins en moins, remâchait sa rancœur. Et puis en un coup de fil le monde avait changé de couleur : Minsk Productions lui proposait d'adapter au cinéma un roman de Tolstoï mal connu : *Les Cosaques.* Ils lurent avec passion le roman qui se passait en plein Caucase, au pays des Tchétchènes. On était en 2000, les troupes étaient rentrées de Grozny où Poutine avait mis en place un gouvernement prorusse appuyé par une milice russe, voilà sans doute d'où était venue l'idée. L'histoire était d'une fraîcheur merveilleuse, l'idée excitante, audacieuse. Le livre sans haine aucune. Mais que faire d'un livre sans haine ? Macha avait posé la question. On ne va pas faire un film de plus sur les danses cosaques ? Cela n'inquiétait pas Costa, au contraire. Il n'y a pas de haine, disait-il, mais il y a la violence, et la violence est partagée. C'est cela que je vais montrer. Tu ne connais pas les gens de Minsk Production, ils sont contre la guerre en Tchétchénie. J'ai ma chance, Macha, ma chance, avec des gens formidables, pas avec des vendus comme ceux pour qui travaille Vania ! Ils avaient recommencé à faire l'amour. Quelle belle, quelle splendide année avait passé dans leur vie ! sur laquelle un rideau de fer était brutalement tombé au colloque d'Iasnaïa. Costa, mon Costa, tu aurais dû me pardonner comme je t'ai pardonné, on n'a pas le droit de mourir sans avoir pardonné. Je vais quitter la cuisine, je vais sortir, je ne veux pas boire, je ne veux pas. Je vais sortir.

Elle retourne dans la salle de bains. Elle recule jusqu'à la porte. Pour voir ses seins, il lui faut se coller à la porte. Ils sont gros, ses seins, mais pas si mal, ils se tiennent. Elle pourrait aller s'acheter un soutien-gorge et un slip assortis. Depuis combien de temps n'est-elle pas entrée dans une boutique de lingerie ? Elle achète par correspondance pour éviter le regard des vendeuses. Pourquoi as-tu recommencé à faire l'idiot, Costa ? Je devinais ce que tu étais en train de raconter à cette Française, ridiculement agenouillé devant elle dans ce restaurant des bords de la Voronka, je te voyais lui tenir la main, la retourner, je savais que tu la comparais à une petite patte de chatte, que viendrait le tour des yeux, fenêtres de son âme. Quand je t'ai vu sortir et prendre le pont, j'ai tout de suite compris ce que tu allais faire et j'ai eu peur, Costa, peur, ivre comme tu étais, l'eau était glacée, et la Voronka est pleine de courant à Iasnaïa. Traverser la rivière, pour prouver quoi ? Et moi, tu as pensé à moi ? Elle attrape avec rage le fer à repasser, le branche, étend une couverture sur la table de la cuisine, saisit sa robe façon tzigane. Salaud ! Tu peux pas me laisser tranquille avec le passé qui commençait à partir, sauf quand je prenais une bonne cuite et que je croyais être dans tes bras, mais justement des bonnes cuites, je n'en ai pas pris depuis deux ans, depuis que le nouveau médecin est là. Tu n'avais pas prévu ça, qu'il y aurait un nouveau médecin !

Elle n'aurait pas dû accepter le rendez-vous de ce soir. Elle avait entendu Vania raconter et reraconter l'accident à la télévision, comme à plaisir, il faisait partie des trois rescapés. Il savait qu'elle regardait, qu'elle l'attendait. Il pouvait comprendre qu'elle ne se soit pas rendue à la cérémonie officielle à Moscou, et qu'elle ait attendu le corps à la gare de Minsk, comme toutes les mères qui avaient attendu le corps de leurs fils morts en Tchétchénie, elle avait pleuré avec la même douleur sur le cercueil, privée de le voir mort. Vous savez ce que c'est, avait-elle dit au médecin, d'être privé de voir celui que vous aimez mort, de ne voir qu'une boîte, de ne pouvoir serrer contre soi qu'une boîte ? Maman disait ça, que quand son mari qui la battait à tour de bras était mort, elle l'avait enfin serré dans ses bras, serré de toutes ses forces, comme jamais elle n'avait pu le faire de son vivant. Elle avait attendu Vania, ou n'importe qui, même une maîtresse, qui l'aurait vu là-bas, à Tbilissi, qui lui aurait raconté ce qu'il avait pris au petit déjeuner, et s'il était content d'aller aux monastères. Elle enfile la robe. Il fera froid ce soir, le châle ne suffira pas, tant pis. Elle ne boira pas à 11 heures, pas à 11 h 30 mais à midi. Elle va aller marcher au bord de la Slovich. En passant devant les vitrines, elle pourra se regarder de pied en cap, se regarder se regarder. Elle reviendra déjeuner. Se changera pour préserver la fraîcheur de la robe. Elle a un service au théâtre cet après-midi, une classe qui vient apprendre à dire des poèmes. C'est bien, cela l'aidera.

***

Le temps s'est étiré jusqu'à l'insupportable, mais le temps avait un but, un vrai but, pour la première fois depuis longtemps. Un but qui donne le trac, noue l'estomac, et fait que le verre économisé le matin a été avalé juste avant de partir. Auparavant, elle a enfilé le slip et le soutien-gorge qu'elle a achetés, ces choses qu'il ne verra pas, et dont elle s'est parée en souvenir de leur jeunesse, des nuits passées à fumer et boire, discuter à n'en plus finir tous trois vautrés sur le lit de ce même appartement pendant que l'URSS s'effondrait. Ne me repousse pas, Costa. Cesse de me repousser. Je vais voir notre ami Vania.

La Stolica a été un de leurs quartiers généraux. Elle n'y va plus depuis longtemps. Là où il y avait du bois, il y a maintenant du marbre.

Le monde efface Costa. Vania est déjà là, un verre d'alcool jaune devant lui. Il se lève. Ils sont debout l'un en face de l'autre et ni l'un ni l'autre ne se rassoient, ne se décident à se rasseoir. Ils se regardent et ils lisent leur visage. Dix-huit ans ont passé. Ils savent qu'ils sont les mêmes, les mêmes, les mêmes, la vie a passé sur les visages, donnant de l'assurance à l'un, du désarroi à l'autre, mais les mêmes, les mêmes, avec la jeunesse derrière eux. Et l'espace de cet instant, Costa est oublié. Ils sont Vania et Macha, et ils savent déjà que la soirée va bien se passer. Elle n'aura même pas besoin de raconter l'histoire d'Iasnaïa, car il la connaît, lui dit-il, cette histoire, elle a fait le tour de beaucoup de monde, tu n'as pas vu *Bienvenue à Rostov* ? Moi qui croyais que tu suivais ma carrière ! Si tu l'avais vu, tu me réclamerais des royalties. Tu comprends, s'excuse-t-elle, l'amour nous unissait à nouveau comme la fleur et le papillon, et voilà qu'il recommence ses simagrées ! La main de Vania vole au-dessus de celle de Macha, l'effleure du bout des doigts. Les zakouski arrivent. Elle croque un cornichon. J'entends encore le bruit qu'a fait ma gifle, dit-elle, quand je me suis levée pour aller interrompre leur conciliabule. Je ne m'y attendais pas. Puis celui du silence qui s'est abattu sur la table. Costa a gardé un visage de marbre pendant que la marque rougissait sur sa joue. Il ne m'a jamais pardonné. Peut-être l'aurait-il fait si *Les Cosaques* avaient été tournés tout de suite. Mais il y a eu l'attentat du théâtre de la Doubrovka et les producteurs ont pris peur. Ils ont renoncé au projet. Costa s'est fermé comme une huître. Plus jamais il ne m'a emmenée avec lui, nulle part, pas même aux assemblées annuelles des poètes biélorusses où il devait auparavant me traîner. J'avais envie de le quitter. Je n'en avais pas le courage. Et puis en 2006, le projet a repris. Les rapports s'étaient stabilisés avec la Tchétchénie. Mais pas notre amour. Le scénario était prêt, le film a été tourné très vite. Il devait être projeté en avant-première au festival de Tbilissi. J'ai supplié qu'il m'emmène. Tu vois, notre père battait ma mère, et nous battait aussi. Dans la façon dont Costa refusait de me regarder, de me parler, je sentais le même ressort de haine que chez mon père. Attention, je vais pleurer. Non, ça ira. Elle rit. Mais toi, qu'est-ce que tu faisais à Tbilissi ? J'accompagnais ma femme, j'ai épousé une Géorgienne. Ah bon, tu es marié ? Elle a répondu du tac au tac, mais l'information met un peu plus longtemps à parvenir à sa conscience. Comment n'y avait-elle pas pensé ? Bien sûr, il est marié, c'est normal. Oui, nous avons trois enfants.

Trois enfants ? Qu'est-ce que ça veut dire, trois enfants, avoir trois enfants ? Qu'est-ce que c'est comme vie ? Comment peut-elle imaginer ça ? Que cet homme qui est en face d'elle ne soit pas disponible, prêt pour elle. Pourquoi l'a-t-il si gentiment écoutée alors ? À quoi ça rime ? Elle sent monter les larmes. Il pose sa main sur son épaule. Il n'aurait pas dû venir.

Au secours, aidez-moi, mon Dieu.

Elle boit.

Carnet de bal

Séducteur, telle est sa réputation.

Toujours on le voit accompagné d'une belle blonde ou d'une brune impénétrable. Son agenda est comme le carnet de bal d'une jeune fille d'autrefois, il faut prendre son tour.

Depuis quelque temps nous avions l'habitude de nous voir pour déjeuner. Impatiente et remarquant que j'étais libre plus tôt, je lui demandai si nous pouvions avancer l'heure du rendez-vous. Nous convînmes de 12 h 30 au lieu des 13 heures qui nous menaient habituellement jusqu'à 15. C'était l'été. Il faisait beau.

Nous déjeunions sur une terrasse et nous avons bavardé de ce qui nous tenait à cœur. Il me semble que la conversation s'est déroulée sans effort, nos langues étaient légères. À 14 h 20, il a regardé sa montre. À la demie, il s'est levé pour partir. Il avait profité du fait que j'avais avancé notre rendez-vous pour faire de même avec le suivant. Quel agenda de fer ! Il devait retrouver, me dit-il, une femme, dont il prononça le nom. Je connais quelques-unes de ses amies, mais pas celle-là. L'air, le paysage, le bistro, tout s'assombrit. Il me dit au revoir, je restai assise, pesant sur ma chaise d'un poids un peu endolori. C'est un bistro à la mode où on voit les gens aller se dire bonjour d'une table à l'autre, mais moi il est bien rare que j'y découvre quelqu'un que je connaisse. Je n'avais pas de livre dans mon sac. Sans force pour me lever, je devais supporter de me montrer comme ça, une fille seule et qui n'a rien à faire. Regardons, me dis-je, regardons s'égayer les moineaux dans les platanes puisque c'est l'été, et passer les passants.

Je l'ai vu revenir. Il remontait le trottoir avec la fille et se dirigeait vers moi. Mon cœur a palpité. Il a dit : je te présente Sophie qui a envie de faire ta connaissance. La fille a fait mais non de la tête. Je n'ai pas compris et lui ai dit bonjour. Il a enchaîné, c'est pour que vous vous rencontriez. Peut-être qu'il a dit autre chose mais je ne m'en souviens plus. Ils sont partis. Je les ai suivis des yeux s'engageant dans le jardin du

Luxembourg. Ils allaient sans doute à la buvette. J'ai d'abord pensé comme il est gentil, puis une seconde après mais non, idiote, il fait le coq, il veut être vu avec une jeune femme. Et pendant cette seconde-là, le monde me parut cruel. Mais la seconde suivante encore, je repoussais fermement cette pensée : il n'aura pas voulu me faire mal, je le sais, j'en suis sûre, il n'est pas comme ça.

Le soir, j'ai trouvé ce message dans ma boîte : *Je t'écris pour lever un malentendu. Je ne suis pas revenu vers toi pour, triomphalement, me montrer au bras d'une jeune maîtresse. Mais plutôt par instinct.* La suite était affectueuse.

Cela fait longtemps que cette histoire m'est arrivée mais je la garde précieusement en mémoire car elle témoigne d'une compréhension entre les gens dont on a bien peu l'occasion d'avoir la preuve.

Chacun de notre côté, nous nous étions suivis et précédés. Nous avions, silencieusement, fait comme des pas de danse sur un même chemin.

Ah, je sais pourquoi son agenda est si rempli ! Les filles ne sont pas folles.

Tristesse

En hiver il faisait nuit, l'été le ciel pâlissait à peine quand la lumière changeait de côté. La fenêtre de l'écrivain s'éteignait tandis que s'allumait en face celle du fermier. Une lumière dans la nuit, cela fait signe. Mais à qui ? Il n'y avait plus beaucoup de monde au village. Souvent même, au cours des journées d'hiver, on pouvait croire qu'il n'y avait personne. Ce n'était pas vrai, il reste toujours quelqu'un. Dans le désert il reste quelqu'un, dans la foule aussi il reste quelqu'un qui un jour se présente quand on fait signe, même si c'est à son propre insu que l'on fait signe, comme c'était le cas de l'écrivain, enveloppé dans le cercle de sa lampe, de son ordinateur, de ses livres, de ses pensées.

Une fois déjà, une femme était venue carillonner à toute volée à sa porte par une glaciale nuit d'hiver, une femme avinée, sans manteau et se tordant les pieds sur des talons aiguilles. On aurait dit qu'on l'avait jetée à la rue sans lui donner le temps de s'habiller, comme elle le raconta, les malfaiteurs étant les frères qui habitaient la maison du bas, connus pour leur lamentable ivresse. Les gens qui demeuraient au village avaient beaucoup de mal à mener une vie digne. L'école, la poste avaient fermé, les médecins vivaient au loin. Le paysan allait sur ses quatre-vingts ans et on se demandait qui reprendrait sa ferme. Pourquoi donc était-il dans ce village, l'écrivain qui n'était pas né là ? Elle lui avait ordonné d'appeler les gendarmes, qui s'étaient fait attendre deux longues heures pendant lesquelles il avait écouté le récit des malheurs de la dame avec curiosité, comme si elle lui apportait des informations sur sa déchéance à lui, sa déchéance prochaine, il serait un jour jeté à la rue. Quand il habitait encore Paris, un homme dormait sur le trottoir non loin de chez lui et parfois il prenait un sac-poubelle plein pour oreiller. Au moins cette maison à la campagne le préservait d'un naufrage aussi spectaculaire. Chaque fois qu'il recevait les comptes de son éditeur, un profond découragement s'emparait de lui. Il parlait dans le désert, il dressait des plats dans un restaurant où personne n'entrait. À quoi bon continuer ? Pour nous, disaient ses proches qui ne savaient pas que l'avis de ceux qui ne vous aiment pas ou ne vous connaissent pas compte davantage que celui de ceux qui vous aiment, que les articles que l'on n'a pas dévaluent ceux que l'on a. Pourquoi ? C'est comme ça. Autrefois, quand il se lançait dans un livre, il éprouvait le sentiment de la conquête, sur lui-même, sur le gris de la vie. Maintenant, il se faisait l'effet d'un forçat déplaçant avec une pelle un tas de gravats d'un endroit à un autre. Et l'amertume de ces pensées faisait fuir la simple envie de s'y mettre.

Telle était son humeur quand il entendit des pas sur le gravier. On était en juin, la fenêtre était ouverte, il était 2 heures du matin. Il dressa l'oreille. S'il vous plaît, dit une voix légère. Il se leva et découvrit au pied du cyprès une femme aux cheveux blancs, tenant un grand chien en laisse. Pourriez-vous m'indiquer le chemin de La Chapelle-Saint-André ? Je me suis perdue. L'apparition le laissa interloqué, elle parlait aussi tranquillement que s'il eut fait plein jour. Il ne sut soudain plus où était La Chapelle-Saint-André. Euh, dit-il, je ne suis pas sûr, je vais chercher sur la carte, entrez. Elle remercia. Elle ne portait pas le moindre sac et n'avait plus l'âge de traîner sur les routes. Elle avait un léger accent qu'il lui semblait reconnaître, un accent allemand. Il fouilla le tiroir de la commode, puis le bas de la bibliothèque, c'étaient les deux endroits où sa femme rangeait les cartes, mais il ne trouva pas celle de la région. Elle devait être dans la voiture, il s'y rendit. Mais non. Je suis désolé, dit-il penaud, je ne la trouve pas. Vous ne voulez pas téléphoner à quelqu'un ? Elle ne voulait pas. Je peux vous conduire quelque part ? Elle ne voulait pas non plus. Il me semble, dit-il, qu'il faut redescendre au bas du village et tourner à droite, mais après je ne sais pas. Ce doit être à une dizaine de kilomètres. Il lui proposa à boire. Elle accepta un verre d'eau, qu'elle avala comme une assoiffée, en demanda pour son chien. Il apporta une bassine. La bête fit en lapant un bruit anormalement fort. C'est un homme, pensa-t-il, elle lui a jeté un sort. Il la regardait avec insistance sans parvenir à se souvenir qui elle lui rappelait. S'il la connaissait, elle le connaissait aussi, ce qui donnerait une raison à sa visite. Pourquoi ne se présentait-elle pas ? Vous ne pouvez pas repartir comme ça, dit-il, ce n'est pas prudent. Jdanov me protège, répondit-elle, désignant son chien, et elle se dirigea vers la porte. Jdanov ? C'était un indice, il avait connu une femme qui avait appelé son chien Beria. Mais ce ne pouvait être elle, la visiteuse était beaucoup plus âgée. Il la reconduisit au perron et regarda sa silhouette s'éloigner jusqu'au bas de la rue, le pelage blanc du chien disparaissant le dernier. Ce n'est que lorsqu'il eut refermé la porte qu'il prit conscience qu'elle boitait légèrement. Alors la lumière se fit dans son esprit.

Ilonka ! Vienne ! Il avait dix-sept ans, il sortait de la relégation de l'enfance. Il avait remarqué cette femme – qui ne l'aurait pas remarquée ? – sur la plage de Grintzig, et s'était enhardi à lui proposer une partie de ping-pong. Ilonka avait le double de son âge, était hongroise, mariée à un banquier viennois. Comme tu es maigre, mon chéri, se lamentait-elle après l'amour, je vais t'emmener au restaurant, et aussitôt apparaissaient les nappes blanches et les aiguières en cristal. Elle lui offrait son corps et l'argent de son mari, son regard maternel et reconnaissant de femme qui a joui. Il lui écrivait des poèmes la nuit pendant qu'elle dormait avec son époux. Cet instant de jeune gloire, ce jaillissement inépuisable de force et de bonheur avait duré une année. Tu auras une belle vie, petit chéri, lui murmurait-elle la main dans les cheveux, tu réussiras. Il la croyait de tout son corps, de toute son âme. Pendant un an il l'avait crue. Elle avait suivi son mari à New York, il était rentré en France. Il lui avait envoyé son premier livre, tu vois, chéri, je te l'avais dit. Mais la prédiction était fausse. À chaque nouvelle parution, il avait espéré le succès, qui console, qui rassure. Il ne venait pas, il n'y croyait plus. Enfant déjà, il avait souligné trois fois dans son exemplaire d'*Une saison en enfer* : « Je suis de race inférieure de toute éternité. »

Comment et pourquoi Ilonka Brünner qui devait avoir soixante-quatre ans maintenant et qu'il avait laissée dans sa dernière lettre, il est vrai datant d'au moins vingt ans, à São Paulo au bras d'un nouveau banquier, passait dans ce trou perdu de Bourgogne ? Pour lui, peut-être, mais alors pourquoi n'avait-elle rien dit ?

Agacé, il retourna à la commode, et chercha cette fois méthodiquement la carte, il la trouva bien sûr, repéra La Chapelle-Saint-André, c'était à 9 kilomètres. Il ne s'était pas trompé en lui demandant de prendre à droite. Il fallait suivre la route sur deux à trois kilomètres jusqu'en haut des Grandes-Herbes et là tourner à gauche. Il se souvint même qu'il y avait à cet embranchement un panneau de bois fiché de travers sur un pieu avec l'inscription : Le Chesnet. Elle ne devinerait jamais qu'il fallait tourner là pour se rendre à La Chapelle. Elle allait se perdre, devoir dormir dans les bois, prendre froid. Il décida de la rejoindre d'un coup de voiture. Il s'arrêterait près d'elle, lui ouvrirait la porte en disant : monte, Ilonka, je vais te conduire, et nous nous raconterons le malheur de nos vies. Il prit sa voiture. Il roula au pas, son œil scrutant la route et les champs. Il ne la trouva pas. Il alla jusqu'à La Chapelle-Saint-André, traversa le village à la recherche d'une lumière qui aurait attendu sa visiteuse, mais tout dormait profondément. Avait-il rêvé ?

Au retour, il coupa le moteur aux Grandes-Herbes et sortit de la voiture. On y avait une vue circulaire, une des plus belles de la région. Le ciel brillait d'étoiles. Il fit quelques pas. Qu'était-elle devenue ? Dormait-elle dans un fossé, contre son chien ? Comme c'était bizarre ! Il lui sembla entendre gémir non loin de lui, dans un buisson. La machine si forte à inventer une histoire était repartie. Au fond du vallon, il distinguait la masse noire du village, et, à l'extrémité la plus lointaine, sa lumière. Une petite tache. Il vit comme elle faisait signe. Il eut envie de rentrer, de la remercier, cette lumière qui avait éclairé le visage ruiné d'Ilonka. Et soudain, alors qu'il la regardait, cette lumière, à sa stupeur, s'éteignit.

L'ampoule a dû sauter, se dit-il.

L'ampoule avait sauté et il ne savait plus ce qu'il voulait raconter.

Thanh

Le jour du coup de force, c'est-à-dire le 9 mars 1945, vous le savez n'est-ce pas, les Japonais ont arrêté tous les Européens. Ils ont mis les hommes en prison et les familles à l'hôtel Beau Rivage. Vous n'imaginez pas combien nous avons été choqués. Voir des Français en prison ! Le lendemain, ils ont fermé l'école. Depuis leur arrivée, ils nous ignoraient, mais ils encourageaient le Vietminh. À partir du coup de force, ils l'ont carrément poussé à nous terroriser. Je me souviens qu'un jour le Comité du peuple a installé un grand chaudron sur une estrade et ordonné aux femmes de venir y déposer leurs bijoux, qu'ils fondraient pour la cause révolutionnaire. J'avais huit ans et j'ai vu ma mère, pourtant une femme dure, monter les marches en tremblant de peur. Elle n'en a jeté qu'un tiers, mon père trouvait que c'était déjà trop. Il me semblait qu'il avait moins peur mais quand on lui a demandé son fusil de chasse à double canon Verney-Carron et son radio pick-up Sonora qu'il avait rapporté de l'Exposition de 1937, il les a donnés. Il y avait aussi des séances de lecture publique, ceux qui ne savaient pas lire le quôc-ngu étaient condamnés à ramper sous une barrière de bambou dénommé Portail de la Honte. On était humilié pour eux. Non, ma mère ne parlait pas le français, elle était princesse annamite, elle se tenait à sa place. Le Vietminh a fermé notre pharmacie. On servait les clients la nuit, à travers le rideau de fer. On allait aussi porter des colis à l'hôtel Beau Rivage, au risque de se faire prendre. Eau de Dakin, bleu de méthyl, alcool iodé, aspirine, on s'y mettait tous avec les domestiques pour faire les paquets. Tout est gravé dans ma mémoire. Je n'oublie rien. Après la victoire des alliés en Europe, il y a eu des rumeurs sur le retour des Français, et le Vietminh s'est préparé à se replier dans la campagne. Il a forcé tous ceux qui étaient susceptibles d'aider les Français à évacuer la ville. Nous avons dû partir avec deux kilos de bagages chacun. Nous sommes d'abord allés à la citadelle

Vauban. Le Vietminh a installé un hôpital de campagne près de Thanh-Minh dans l'école du village, où mon père devait aider à soigner les combattants. On a suivi à la radio l'explosion des bombes atomiques, la capitulation japonaise. On a appris que le *Richelieu* faisait route vers nous, avec des troupes à son bord. Quand il est arrivé à Nha-Trang, il a canonné la côte, il a fallu décamper, s'enfoncer dans la campagne. Pendant ce temps-là je prenais du retard à l'école. Mon père n'avait emporté qu'un livre, *Les Aventures de Télémaque*, dans la collection cartonnée in-16 vert d'eau de la Librairie Hachette. Il me le faisait lire la nuit, en cachette. On est rentré chez nous après les accords de mars 1946. Le Vietminh s'est retiré dans la zone V, je vous l'ai montrée sur la carte, oui, regardez, c'est là, au nord de Nha-Trang et au sud de Tourane qui s'appelle maintenant Da-nang. Je ne vous en ai pas parlé la dernière fois mais il s'est passé à ce moment-là un, comment vous le dire, une erreur très grave, les Français ont arrêté mon père. Ils sont venus le chercher à la maison dans une Citroën 11 légère et ils l'ont gardé une semaine. Quand il est rentré, il s'est couché sur le bat-flanc du salon. Il a mis plusieurs jours avant de prononcer un mot mais, sur ce qu'il avait subi, rien. Rien. À la rentrée suivante, il a remis mes frères et sœurs en pension au lycée Yersin de Dalat, malgré l'offense qu'il avait subie. Moi, je suis resté un an à la maison, j'étais petit, frêle, et le Vietminh rôdait. Je suis entré en classe en 1947, en neuvième. Les Français, comme s'ils étaient certains d'être là pour toujours, venaient juste de construire une magnifique école près de la plage, et avaient fait venir de France un couple d'instituteurs frais émoulus de la méthode Freinet, M. et Mme Faure. M. Faure a installé les tables de la classe par groupe de quatre et a tout mélangé : les Européens et les indigènes, les filles et les garçons. Il faisait la vraie révolution. Il a trouvé une presse et nous a appris à fabriquer notre propre journal avec les plombs, l'encre, le papier. L'âge adulte est ennuyeux quand on se souvient du bonheur de fabriquer un journal avec M. Faure. J'ai trop de souvenirs, ils se bousculent, je ne peux pas parler calmement. Mon père me prenait sur son porte-bagages et m'emmenait chez le Dr Yersin pour écouter des nouvelles de la guerre. Non, il n'est mort qu'en 1943, j'ai assisté à son enterrement, j'avais six ans. Je vous prie de croire que personne ne manquait à l'appel, Annamites, Français et Japonais sabres au clair. Le Dr Yersin était très bricoleur, il avait un récepteur super-Philco 19 lampes qui pouvait capter tous les postes du monde. J'entends encore « *This is the voice of America at war* », accompagné d'un pipeau digne de la guerre de Sécession. Et voilà que ma sœur explique à mon père que je suis trop en retard et que je ne réussirai pas l'examen d'entrée en sixième au lycée de Dalat s'il ne m'y envoie pas comme pensionnaire dès la septième. Les femmes vietnamiennes sont dures. Mon père s'occupait beaucoup de moi, il m'emmenait partout, c'est assez exceptionnel dans une famille vietnamienne. Je crois que ma sœur était jalouse. Elle est morte maintenant, à Troyes, toute seule, d'un cancer. Donc, je suis parti pour la rentrée de septième en 1949, j'avais douze ans et en paraissais dix. M. Faure m'a serré longuement contre lui, nous étions aussi malheureux l'un que l'autre. Je suis monté dans un Junkers 52 récupéré de la Luftwaffe, un avion en tôle ondulée frêle comme une 2 CV, de la compagnie SITA (Société indochinoise de transports aériens). Mes frères et sœurs, eux, prenaient toujours le convoi, mais depuis les accords de 1946 il était supprimé. Il fallait voir ce qu'était ce convoi. Le départ se faisait rue de l'Hôpital juste en face de la maison. Dès l'aube, les GMC arrivaient les uns derrière les autres, dans lesquels montaient les élèves encadrés par les AFAT (auxiliaires féminines de l'armée de terre). Il y avait aussi les Dodge à tourelle armés de mitrailleuses à munitions dum-dum, et les voitures blindées qui ouvraient et fermaient la marche. Deux cents kilomètres à peu près. Quatre fois par an, Noël, le Têt, Pâques et l'été.

Bon, donc, je suis parti pour le lycée Yersin. Ça va, vous avez encore du temps ? Vous êtes toujours tellement pressée, je ne peux jamais profiter de vous. Pourquoi vous ne voulez pas venir aux Olympiades, chez ma copine, celle qui fait les nems que je vous apporte ?

Le lycée était un magnifique bâtiment tout en courbes et en brique, avec une tour surmontée d'un clocheton. Les Japonais avaient fondu les cloches du carillon, je n'ai donc pas pu l'entendre, mais je vous ai dit, je crois, ce qu'il jouait ? Orléans, Beaugency, Notre-Dame de Cléry, Vendôme, Vendôme. En France, j'ai été, par les soins d'un censeur qui m'avait pris en affection et payé un manteau sur ses propres deniers, envoyé dans un pensionnat de l'État à Vendôme, c'est drôle, la vie. Comme j'avais plus de dix ans et qu'il aurait été incorrect que je dorme dans le dortoir mixte du Petit Lycée, on m'envoyait dormir dans une annexe désaffectée de l'hôpital Catroux à Saint-Benoît, à 7 kilomètres de Dalat. C'était immense, effrayant. Les sanitaires se trouvaient au bout d'un couloir terrifiant où des auges de bétail servaient de lavabos avec des robinets rouillés. Les cabinets dégageaient une odeur pestilentielle. Réveil à 6 heures au tambour chinois, départ dans une camionnette Renault 900 KL – ambulance de l'armée – pour aller prendre le petit déjeuner à 6 h 30 au Grand Lycée, fait de deux tartines de pain rassis avec du beurre salé en boîte toujours rance. Étude de 7 heures à 7 h 45 où un car partait pour le Petit Lycée. Ma maîtresse de septième s'appelait Mme Dodéro. Elle était l'épouse d'un colonel. Notre monitrice de sport s'appelait Mlle Bellumière. J'étais très amoureux d'elle, comme de ma professeur d'anglais, et aussi de l'Inconnue de la Seine. Vous ne savez pas qui est l'Inconnue de la Seine ? Vraiment, vous ne connaissez rien. J'ai rêvé à elle de la sixième à la troisième. Son masque mortuaire était pendu au mur de la salle des sciences. Je vous apporterai le petit livre que Jules Supervielle a écrit sur elle. Au Grand Lycée, on dormait sur place, le lycée était mixte mais la cour divisée en deux, une partie pour les filles, une partie pour les garçons, comme les dortoirs. Non, ne dites pas les Blancs. On n'a jamais dit les Blancs, c'est Marguerite Duras qui a inventé ça. Nous disions les Européens, les métropolitains. Non, ma famille n'était pas naturalisée. On l'a offert à mon père mais il n'a pas voulu. Il était nationaliste, il militait au Dai

Viet, mais oui, le Grand Vietnam, les trois Ky, comme les Africains qui militaient pour le grand Congo à peu près à la même époque je crois. Je préfère être le premier des Annamites que le dernier des Français, disait mon père. Annamite, ça n'a jamais été méprisant pour nous, ça voulait dire « sujet du roi d'Annam ». C'est en Afrique qu'on dit les Blancs. Dans la langue vietnamienne nous vous appelons les Tays, ce qui veut dire les gens de l'ouest, les *westerners*. Au lycée, il y avait à peu près deux tiers d'Européens et un tiers d'indigènes. Non, je n'ai pas de souvenir de racisme. Nous souffrions de la nourriture. Quand nous avions trois sous, nous allions acheter un bol de soupe que les femmes des boys vendaient à la sauvette dans le bois attenant. Nous l'avalions en cachette derrière les fougères. Il fallait se méfier du surgé qui faisait sa ronde à motocyclette et, sans même descendre, donnait des coups de chicotte dans les étals des pauvres femmes qui ne l'avaient pas entendu venir assez tôt pour déguerpir. Il appliquait le règlement avec méchanceté, M. Faure était un homme bon. Au réfectoire, le menu se composait principalement de betteraves et ragoût, servis dans des assiettes en faïence de Gien, blanches et bordées d'un liseré doré, portant l'inscription LYCÉE YERSIN. Je n'en ai volé aucune, dommage, je vous les aurais données, je sais que vous aimez la vaisselle. Les externes nous faisaient des courses. Une fille, dont les parents tenaient un bazar, *Maison Blanchet, Les nouveautés de Dalat*, m'a apporté un « ruban scotch luxe » vendu dans une boîte en fer, une merveille, comme les stylos bic qui bavaient et qu'on appelait, je ne sais pourquoi, stylo atomique. On faisait des compétitions sportives avec les élèves de l'école des enfants de troupe de l'autre côté du lac. Il y avait un camarade très fort en athlétisme, Falguerolles. Dans les gradins, on scandait « Falgué ! Falgué ! », je me demande ce qu'il est devenu. On montait des pièces, *Les Précieuses ridicules*, *Le Voyage de monsieur Perrichon*. C'était drôle de voir les filles vietnamiennes déguisées en Françaises. Nous, on était amoureux des filles françaises, on trouvait que les Vietnamiennes avaient de gros mollets, mais les Français, eux, étaient amoureux des Vietnamiennes. Mlle Bellumière faisait les cours en short. Une femme en short, on n'avait jamais vu ça. Les Françaises là-bas s'habillaient avec cinquante ans de retard sur la métropole, à la rigueur quelques polos pour les plus audacieuses. Mais Mlle Bellumière faisait ses cours en short. Pour moi, elle était Rossana Podestà ! Bien sûr que non, il n'était pas question qu'on touche, même le bras, d'une Européenne. Petit, je suis rentré une fois de l'école avec une Française, et mon père m'a interdit de recommencer. Non, ça ne me choquait pas. Je trouvais ça normal. Vous étiez l'occupant. Il fallait changer de trottoir c'est tout, comme vous faisiez avec les Allemands. Duras, je suis sûr qu'elle a inventé son histoire de Chinois. Même s'il était chinois. Pour les rapports avec l'autorité, c'était différent. Mon père avait des rapports commerciaux corrects avec les autorités françaises. Il avait fait ses études en France, il était fier de ses Palmes académiques, qu'il avait reçues sur proposition du Dr Yersin et de l'administrateur Jean Dubasty pour ses travaux sur « l'écorce de Préah-Néou du Cambodge ». Il avait ouvert sa pharmacie grâce à l'appui du directeur de l'hôpital de Hué, qui jugeait important que l'Indochine soit pourvue de pharmacies, alors que le Vietminh les considérait comme des symboles de la bourgeoisie capitaliste à éliminer. Non, vous vous trompez, les études prouvent que la France n'a tiré aucun enrichissement de la colonisation de l'Indochine, au contraire elle en a été appauvrie. La colonisation a profité à certains Français, à ceux de la Banque de l'Indochine, aux gens comme vous. Elle n'a pas profité à la France. Le lundi matin, on hissait les couleurs en haut d'un grand mât. Le mât avait deux haubans, sur l'un le drapeau français, sur l'autre le drapeau vietnamien, rouge et jaune, nous disions sang et or. Il faut prononcer sang-k'et-or. Le g se prononce k dans la liaison. On ne vous l'a pas appris ? Chaque fois que j'entends : « Qu'un sang impur », je sursaute, c'est une faute, il faut chanter : « Qu'un sang-k'impur ». Mon père croyait à un Vietnam unifié, indépendant, dans une union française semblable au Commonwealth. En France on accuse Bao Dai d'avoir été un président de pacotille. Ça ne m'étonnerait pas que vous soyez de cet avis. J'ai lu récemment dans une livre qu'il portait des « chaussures de souteneur », tout simplement parce qu'il avait des richelieu bicolores, qui étaient alors à la mode. Dans notre famille, on le respecte. Pourtant, il n'était pas de la bonne branche, un fils de Khai Dinh, pour nous c'est un Orléans. Je pense comme mon père qu'il aurait pu unir le pays dans une indépendance patiemment gagnée. Au bout du compte, c'est nous qui vous aurions utilisés. Vous devriez lire son livre. Un garçon vietnamien hissait le drapeau français et un garçon français hissait le vietnamien, c'était le règlement. L'année scolaire se terminait par un bal. Toutes les filles en robe longue, et nous en costume-cravate. Ce jour-là, non seulement on pouvait danser avec les Françaises, mais on nous le demandait. Oui, c'est bizarre. Non, il n'y avait pas d'uniformes, juste un béret bleu ciel que nous portions sur le côté, à la façon des paras. Les garçons, à partir de la seconde, suivaient la préparation militaire élémentaire le jeudi matin, faite par un officier français qui venait du centre de formation de l'armée vietnamienne, l'EMIAD. En troisième, on se cachait pour regarder, on aurait bien voulu nous aussi manipuler les pistolets, un MAS 36 par exemple. MAS, ça veut dire Manufacture d'armes de Saint-Étienne. Un PM 49, vous ne savez pas ce que c'est ? Un pistolet-mitrailleur, c'étaient ceux des commandos de marine, votre père a dû en avoir un. Ils avaient une crosse rétractable. À part ça, vous savez, la guerre était lointaine, cachée. On était protégé par notre enfance, par l'administration. On a commencé à sentir un clivage entre nous à partir de 1953. Un lycéen, Trân Van On, a été tué par la police française à Saigon lors d'une manifestation anticoloniale. Il y a eu une grève à Chasseloup-Laubat, et nous avons suivi par solidarité. Au lieu d'aller en cours, on est restés dans les études d'internat. Je l'ai fait, par peur de ne pas le faire. La cassure s'est durcie le jour de l'annonce de Diên Biên Phu : certains, comme moi, pleuraient de voir les Français pleurer, et d'autres disaient : bien fait pour leur gueule. Personne n'imaginait que la France pouvait perdre. Il ne nous a pas encore paru que les Français avaient perdu au moment de Diên Biên Phu. Je suis parti rejoindre mon frère aîné en France, parce que c'était prévu comme ça, indépendamment des événements. En descendant de l'avion à Orly, j'ai vu des Français pousser des chariots de bagages sur le tarmac. Je les ai regardés, incrédule. Des Français faisaient un travail de boy, on m'avait menti ! Au fond je ne m'en suis jamais remis. La psy dit qu'il faut que je range chez moi. Ranger, travailler, parler au gardien, au facteur, à tous ces gens... Je ne peux pas m'y décider. Avec vous, je m'exalte, nous sommes ici depuis deux heures, je ne pensais pas. Vous allez partir en courant comme d'habitude. Je ne peux jamais vous voir.

Thanh rassemble les papiers qu'il a apportés, les sapèques gravées au chiffre de son grand-père, l'empereur Thành Thái, déposé par les Français en 1907 et déporté à la Réunion tout comme son fils Duy Tân, qui fomenta une révolte contre nous. De Gaulle dit dans ses *Mémoires* qu'il pensait à lui plutôt qu'à Bao Dai pour diriger l'État du Vietnam, mais il est mort mystérieusement en 1945 dans un accident d'avion à Fort-Lamy. Thanh enfile ses multiples couches de chandails et vestes, chausse son bonnet de laine, ferme ses sacs en se plaignant que je lui fais perdre la tête. Et s'en retourne vers son studio d'Ivry dans lequel, heureusement, il fait chaud car il bénéficie du chauffage urbain.

Noyant-d'Allier

Comme elle était la plus petite, elle conduisait la file des filles, à côté du plus petit qui conduisait les garçons. Sa mère était dans la foule mais elle l'avait oubliée, émue par le son de l'orgue et par la solennité de l'instant : elle allait précisément faire sa communion solennelle. L'église était pleine, dans les moments de silence on entendait pleurer les bébés. Quand il fallait se lever ou s'asseoir, le froissement des habits résonnait. Au moment de la quête, mille petits bruits de pièces montaient jusqu'à la voûte. Ces sons si particuliers existent-ils encore ?

Mais oui, bien sûr, elle n'avait qu'à suivre cette mère endimanchée avec sa fille en aube blanche lorsqu'elles sont passées devant son portail ouvert, qu'à les suivre jusqu'à l'église et elle les aurait entendus, ces sons d'autrefois. Mais comment seulement bouger quand un flot de souvenirs que vous croyiez morts vous submerge soudain et qu'ils remuent, roulent, se retournent, déferlent à l'intérieur de cette enveloppe qui contient votre mémoire et s'appelle votre corps ? Elle a tiré un fauteuil sous elle, et elle s'est assise sur la terrasse, posant sur ses genoux les fleurs qu'elle vient de couper, négligeant de fermer le portail laissé ouvert par son fils. Et voilà que midi est passé, que les fleurs attendent leur vase, que rien n'est prêt pour le déjeuner, que ses pleurs reviennent comme les vagues succèdent aux vagues et qu'elle ne se soucie nullement des passants qui voient sa détresse. Parce que, sans crier gare à la vue de cette mère endimanchée et sa fille en aube blanche, tout Noyant-d'Allier est venu à elle. À cette enfance-là, celle de Noyant-d'Allier, celle qui s'est close l'année de sa communion solennelle, qui a précédé l'installation au Grand-Ensemble de Massy, elle ne pense jamais. Elle ne s'était pas rendu compte de la beauté de ce nom, Noyant-d'Allier. Un endroit de souffrance ne pouvait avoir un beau nom. Si romantique, si aristocratique, si français. Elle attribuait jusque-là son origine aux noyers qui en peuplaient les champs. Maintenant, elle se souvient des pluies, des pleurs, de la mare sur la place du bourg et de la Queune à Châtillon qui s'en allait se jeter dans l'Allier. Pourtant il y avait bien des printemps avec des vergers en fleurs, des étés brûlants, des troupeaux pleins de mouches, mais ce qui reste, ce qui reste à jamais, ce sont le froid et la pluie, et le carreau de la mine qui tombait en ruine devant lequel elle passait tous les jours pour aller à l'école. Ce qui reste, ce sont leurs visages, surtout celui des femmes et des petites filles, leurs visages à travers des rideaux de pluie et des brumes de refus. Oui, elles surtout, il semblait que les garçons s'en sortaient mieux, ils allaient à la pêche, ils jouaient au football, mais les filles, mais les filles, elles restaient sous la coupe des mères, les aidant pour les repas et la lessive, et quand on a en moyenne huit enfants, cela signifie beaucoup de travail. Mais les mères, qui ne parlaient pas du tout le français, ou alors ce petit nègre vietnamien – mon Dieu, non, elle ne veut pas se rappeler le français de sa mère qui n'avait jamais voulu suivre les cours organisés à leur intention –, mais les mères restaient entre elles et faisaient bouillir des pensées de mort dans leurs casseroles avec les poulets qu'elles donnaient à leurs enfants, à leurs filles surtout, et parmi les filles, à elle, qui dans son bol ne trouvait pas le poulet mais seulement des morceaux de mort. Les bébés, les enfants, et même les vieux on les avait emmenés par crainte que les communistes ne les tuent. Ils étaient les rapatriés d'Indochine. Elle n'avait aucun souvenir de l'Indochine. Aucun. Pourtant, à quatre ans, on a des souvenirs, lui disaient ses enfants. Ils avaient fait un dossier sur Can Tho, le marché sur l'eau, les restes de la ville européenne, les nouveaux quartiers. Ils y étaient allés, on pouvait maintenant. Officiellement on pouvait, le cœur, c'est une autre affaire, le sien ne pouvait pas. À quoi bon ? Ce sont tes racines, maman, lui disaient-ils. Mais elle savait bien qu'elle n'avait pas de racines. Pas d'autres que son visage, et celui des mères, et celui des petites filles, forcés à l'exhibition dans ce village du Bourbonnais. Un visage ne peut être une racine, surtout s'il n'est pas aimé. Il n'y avait pas de miroirs à la maison, elle voyait le sien dans celui de sa mère et de ses sœurs, et ces visages lui déplaisaient. Elle préférait l'école à la maison, elle aurait voulu être la fille de l'institutrice.

Ce n'est pas qu'on n'ait jamais parlé de Noyant autour d'elle. Leur mère le faisait, mais on ne l'écoutait jamais vraiment, même avant qu'elle soit sourde et répète tout le temps la même chose. Quand par hasard, dans un groupe où elle se trouvait, quelqu'un avait connu Noyant, elle se taisait. À Julien, au début, elle avait dit quelques mots, juste un petit peu car elle ne pouvait maintenir sa pensée sur ces années-là. L'émotion d'avoir fait l'amour, d'avoir pour la première fois été aimée, physiquement aimée, caressée, la surprise du bonheur, lui avait ouvert la parole. Il avait voulu l'y ramener, puisque celle-là, cette enfance-là, celle de quatre à treize ans, tu t'en souviens, avait-il dit. Elle s'était laissé faire, il faut faire confiance à ceux qui vous aiment, à qui sinon ? Il s'était garé devant leur maison. Elle n'avait pas pu descendre. La rue, les jardins étaient déserts, leur maison à l'abandon, celle des Musard, leurs voisins, pimpante. Plusieurs avaient été embellies. Un homme dans la force de l'âge était sorti de l'une d'elles, il avait montré son visage eurasien. Ils étaient donc encore là ! Ils avaient sans doute fini par acheter ces corons abandonnés dans lesquels la France les avait installés après qu'elle eut « perdu l'Indochine », comme disaient les gens du château. Julien fit un tour, le carreau de la mine, le café, l'église, la mairie, l'école, le château, elle regardait sans dire un mot, refusant de quitter la voiture. Il n'avait pas insisté. Noyant-d'Allier était sorti pour toujours de leurs conversations. Les filles couchaient dans la chambre du bas avec les parents, les garçons en haut. Le matin, elle entendait son père fourrager la cuisinière à charbon depuis la tiédeur du lit qu'elle partageait avec sa sœur, il y avait de l'eau sur les vitres et du brouillard dehors. Il y avait le tas de vêtements des quatre filles, donnés pour la plupart, celui des parents, la tunique de leur mère. Il y avait la table commune sur laquelle elle faisait ses devoirs, tentant de protéger ses cahiers de la nourriture et des agressions de ses frères. La toile cirée était pleine de coupures où s'amassait la graisse. Elle est assise sur son fauteuil en rotin dans son jardin de Choisy-le-Roi et elle se souvient comme elle tremblait à l'idée que quelque chose s'interposerait, ses parents, la France, le bon Dieu comme on disait, pour l'empêcher d'aller au lycée. Ou alors elle tomberait malade pendant l'été, ou alors elle mourrait. Sa vie s'arrêterait d'un coup, elle craignait le mécanisme mystérieux caché sous sa peau, si elle en avait trouvé le courage elle aurait plusieurs fois prévenu la maîtresse qu'elle était en train de mourir. À onze ans déjà, elle s'en souvient maintenant parfaitement, elle était assise sur la marche d'entrée en train de nettoyer du soja, elle s'était formulé la pensée que ce qu'on désirait trop, il était normal de ne pas l'obtenir, que ce ne serait pas de la vie. Sa mère disait qu'elle n'avait qu'à aller au CES de Tronget comme ses frères et sœurs. Et finalement le sort l'avait contredite : elle avait été la première fille des corons à entrer au lycée. Le matin elle montait dans le bus de la garnison qui allait à Moulins. Sa mère, hostile, l'ignorait ouvertement. Sauf ce jour-là, celui de la communion solennelle où elle était venue avec elle, vêtue de sa belle tunique rouge et de son foulard assorti. Sœur Rosalie les avait gentiment accueillies. Sa mère avait eu un sourire sur son visage cent pour cent vietnamien. Ça l'avait surprise, ce sourire. Sa mère riait parfois avec les voisines à Noyant, mais sourire, non, elle ne le faisait pas. Vous avez de la chance d'avoir une aussi gentille petite fille, lui avait dit la religieuse, et sa mère avait encore souri avant que sœur Rosalie ne l'emmène rejoindre ses camarades pour organiser la procession. Et comme elle était fière de conduire la file des filles. Pour la première fois, son visage de quarteronne ne lui faisait pas honte, aimé comme tous les autres par le Seigneur. Aucun de ses frères et sœurs n'avait fait sa communion solennelle, qui n'était pas obligatoire puisque ce n'était pas un sacrement. Elle oui, à cause du lycée. Elle est différente d'eux, elle est mieux qu'eux. L'ordre de la procession étant inversé, elle se trouva la dernière à sortir de l'église. Sur le parvis, les enfants rejoignaient déjà leurs familles dans un joyeux brouhaha. Elle chercha sa mère des yeux et ne la trouva pas. Sœur Rosalie allait de parents en parents. Personne ne faisait attention à elle. Elle vit son amie, Véronique Desmoineaux, entourée des siens, et la rejoignit. Le père la félicita : Ah c'est vous, la petite Tonkinoise ? Elle avait dit oui en rougissant, elle qui était de Cochinchine, mais à l'époque elle ignorait tout. Elle n'avait même pas pu montrer sur la carte de la classe l'endroit où elle était née quand la maîtresse le lui avait demandé. Soudain sa mère fut derrière elle, l'attrapant par l'épaule. Et elle avait le même visage, et elle la tirait par le bras, et il fallait rentrer avec elle, retourner là-bas à Noyant, elle avait oublié Noyant pendant la cérémonie. Sa mère la poussa devant elle vers la gare, la faisant marcher vite, sans aucune raison, puisqu'elles durent attendre le train, assises sur un banc de la gare pendant que les autres festoyaient. Elle ravalait ses larmes et aurait voulu fuir à travers les rues. Sa mère sortit de son sac des prunes vertes. Des prunes pas mûres, cueillies sur les arbres que les mineurs polonais avaient plantés du temps où ils habitaient les corons, du temps que la mine n'était pas fermée et que les rapatriés – dont quasi aucun ne répondait à la définition du rapatrié puisqu'ils venaient en France pour la première fois – vivaient en Indochine. Des prunes pas mûres, telles qu'on les mangeait là-bas, avec du sel. Sa mère s'en gavait. À la vue de cette bouche aspirant bruyamment le jus, elle ne fut plus capable de retenir ses larmes. Comme elle la détestait ! Elle aurait voulu manger du gigot et des tartes aux fraises chez Véronique Desmoineaux. Ses sanglots éclatèrent quand sa mère lui tendit une prune. Mais qu'est-ce que tu as ! cria sa mère qui cracha son noyau, et, la laissant en plan, traversa la rue, revint avec un petit sac de papier qu'elle lui tendit et dans lequel il y avait un croissant. Elle le mangea sans rien dire, avec ses larmes. C'est son dernier souvenir avant le déménagement au Grand-Ensemble de Massy où on leur avait trouvé une place au milieu des rapatriés d'Algérie et où sa vie changea. Elle s'était immédiatement sentie au chaud dans la foule. Il y avait tant de visages différents, Algériens, Tunisiens, les Français aussi n'avaient pas le même visage que ceux de Noyant ou Moulins. Et puis elle grandissait, c'était si bon de grandir. L'hostilité de sa mère s'étendait maintenant à tout le voisinage. Quant à l'une et l'autre, elles faisaient tout pour s'éviter.

Que s'est-il passé pour que, par un retournement extraordinaire de son âme, à la vue de cette mère endimanchée et de sa fille en aube blanche, elle ressente brusquement de la peine pour sa mère ? De la peine pour la vie de sa mère ? Pas seulement pour son malheur d'avoir quitté Can Tho et son village dont on voyait les photos sur le dossier, le long d'un arroyo, noyé dans une végétation extraordinaire : des palmes qui sortaient de l'eau, des fleurs inconnues, des flocons cotonneux, pas seulement pour avoir dû quitter Noyant où elle pouvait tout de même faire pousser ses herbes dans le jardin et avoir des poulets, et où ses voisines étaient comme elle, mais aussi parce qu'elle avait eu neuf enfants et un mari qui jouait aux dés et au mah-jong chez les voisins et qui ne lui adressait jamais un mot gentil, n'avait jamais une attention pour elle et la méprisait parce qu'il était fils d'un douanier français, mais aussi parce que, parmi les neuf enfants qu'elle avait eus, il y en avait une qui avait honte d'elle.

Sa mère maintenant sourde et attendant la mort dans une maison faite pour ça.

Elle cherche l'endroit de sa rancœur envers elle et ne le trouve plus.

Elle est entrée dans l'étendue de la souffrance de sa mère. Et aussi loin qu'elle peut porter son regard, elle n'en voit pas la fin.

Bercail

Quand elle avait été enceinte, elle lui avait téléphoné et ils avaient recommencé à se voir. Je suis content pour toi, disait-il, ou encore : Comme ça te va bien. Elle avait beaucoup hésité à l'appeler, craignant d'être poussée par un mauvais sentiment, celui d'avoir le dernier mot, de lui infliger des regrets, ou encore de céder au besoin de s'en remettre à lui. Mais à l'usage il s'était révélé qu'elle avait bien fait. Ils se revoyaient librement, de temps en temps, en secret du reste de leur vie, en souvenir de leur amour, de sa grâce, de son bonheur. Car ils s'étaient merveilleusement entendus. Jusqu'au point de l'enfant. Je ne serai pas capable, disait-il, d'élever un enfant, de m'intéresser à lui. Mon père m'a eu contre son gré, je ne céderai pas. D'autres fois, il attaquait différemment : dernier rejeton d'un sang dégénéré, ma famille s'éteindra avec moi. Elle, au contraire, était habitée par la certitude du renouveau : ils redonneraient une chance au monde, mélangeraient les atomes, relanceraient le hasard. Sans parler du désir vital que chaque printemps exacerbait et de la tristesse où elle tombait à l'idée qu'elle ne couverait pas un petit dans l'hiver. Si bien qu'un jour elle avait réussi ce dont elle se croyait incapable : elle l'avait quitté. Il lui avait fallu une volonté de fer, sans le secours d'aucune rage puisqu'elle ne lui en voulait pas. Elle l'avait arraché de son cœur, de sa chair, de son imagination. Ce doit être ça, se disait-elle, la douleur de l'avortement, je m'inflige un avortement interminable. Il n'avait jamais rappelé. Jamais, pendant les soirées où elle attendait, contre toute logique, qu'il ait changé d'avis. Ou alors qu'il lui demande de passer, juste pour un moment qui ne compterait pas, comme on se dit qu'on peut bien prendre un verre sans redevenir alcoolique. Ces moments de solitude où elle hallucinait sa présence, sa voix dans la pièce, à la table du restaurant, à côté dans la voiture, elle les avait endurés les uns après les autres, pensant qu'il ne la rappelait pas pour mieux l'aider et que c'était encore une façon de l'aimer. Elle avait relancé les dés, honnêtement, courageusement, elle était allée vers un autre homme qu'elle trouvait aimable et elle s'était appliquée à l'aimer. Elle avait appris à le caresser, elle s'était pliée à ses caresses jusqu'à trouver le moyen d'en jouir, au début cela la faisait intérieurement pleurer de regret. Un jour qu'il la pénétrait avec sa force et son désir, il avait eu une inspiration de génie, il avait dit cela exactement, il avait dit en ahanant : tu sais à quoi je pense, là, en ce moment, je pense que je retourne mon couteau dans ta plaie. Elle avait eu immédiatement la vision d'un couteau de boucher se retournant dans ses chairs et ils avaient joui. Immédiatement et durablement, le pli était pris. L'enfant vint, Ludovic. Un enfant, cela ne supporte ni adjectif, ni complément, ni comparaison, il est la réalité absolue, le mot nu. Elle s'était dit qu'elle avait eu raison, même si elle ne pouvait s'imaginer avoir « fondé une famille » bien qu'ils en eussent tout à fait l'apparence puisqu'ils vivaient tous les trois sous le même toit, dans une rue du onzième arrondissement, dans un bon appartement pour les familles. Elle savait que son ancien amant avait une amie, elle l'avait entendu dire par la rumeur, elle la connaissait de nom, mais d'un commun accord, sans que cela ait été formulé entre eux, ils ne parlaient pas de cet aspect de leur existence. Comme ils se rencontraient chez lui, elle en avait déduit qu'il continuait le même genre de vie. Or ce soir il avait dit, il fallait qu'elle se rappelle exactement la façon dont cela avait été dit, au mot près, au silence près, avec le ton, il fallait que ce soit gravé dans sa mémoire, il avait dit :

– Je dois t'avouer quelque chose – petit silence, regard franc : je vais avoir une fille.

Elle avait mis du temps à comprendre, à cause de la formulation. D'une voix hésitante :

– Tu vas être père ?

– Oui.

– Et qui est la mère ?

– Muriel.

Sa bouche s'était paralysée, elle ne parvenait plus à articuler et quand elle avait réussi à retrouver la possibilité de le faire, elle avait dit, tellement faiblement :

– Qu'est-ce qu'elle a de plus que moi ? au lieu de le féliciter.

– Rien, c'est moi qui ai changé.

Il avait parlé avec tellement de douceur, lui adressant un sourire si... si déchirant.

– Alors je me suis trompée, j'aurais dû attendre ?

– Je n'aurais sans doute pas changé si tu n'étais pas partie.

Au fond, peut-être que ce n'était pas pour l'aider qu'il n'avait jamais rappelé, qu'au contraire il s'était trouvé soulagé de son départ parce qu'il ne l'aimait déjà plus. Non, non, elle savait que c'était faux. Il ne faut pas abîmer les souvenirs.

– Tu es content ?

– Je ne sais pas vraiment.

– Tu t'es laissé faire ?

– Non, j'ai dit d'accord.

À nouveau, elle n'avait plus pu prononcer un mot. Il lui avait servi un verre de vin et ils avaient trinqué en silence. Il n'avait pas osé reprendre la parole, ajouter un commentaire ou prendre sur lui de changer de sujet. C'est elle qui l'avait fait quand le silence était devenu insupportable. Mais faire bonne figure est fatigant et elle avait abrégé la soirée. Dans la voiture, elle avait pleuré tout son saoul. Elle avait tourné longtemps avant de trouver une place. Son mari ne serait sûrement pas couché, il avait dit qu'il avait des copies à corriger. Elle était censée revenir d'un dîner entre filles et n'avait pas le courage d'inventer un mensonge pour justifier son état. L'appartement sentait le tabac, il était assis à la table du salon devant son paquet de feuilles. Elle lui avait embrassé le haut du crâne et soufflé qu'elle allait voir Ludo. Et maintenant elle était là, assise sur le lit de Ludo, dans le noir de sa petite chambre, là depuis un temps dont elle avait perdu la notion, se demandant comment elle allait trouver la force de se relever et d'aller dans la chambre conjugale. Elle se rappelait une jeune femme au cabinet lui racontant que sa mère venait se réfugier dans son lit pour échapper aux violences conjugales, mais ce n'était pas son cas, elle avait un mari tendre, attentionné, cultivé, il manquait d'humour, il était toujours enrhumé et ses perpétuels reniflements l'exaspéraient mais enfin... Cette décision-là, celle de renoncer, ceux qui croient l'avoir prise une fois pour toutes se trompent. Un jour, elle revient se présenter et demande confirmation. Tout était fini avec son ancien amant, il n'y avait aucun moyen de retourner à lui et, par enchantement, changer de place, mais il fallait trouver la force de ne pas se laisser aller aux regrets. Il ne fallait pas injurier l'enfant qui dormait et le mari qui travaillait dans le salon. Il ne fallait pas penser que ça aurait été mieux d'être dans le lit de l'autre, de vivre avec l'autre, d'avoir un enfant de l'autre. Il ne fallait pas comparer avec quelque chose qui n'existait pas. Il fallait aimer. Il fallait les aimer même s'ils étaient la preuve de ce qu'on n'avait pas eu. Il fallait les aimer pour cela, parce qu'on les avait. Il fallait croire à tout ce qu'on ne connaissait pas encore d'eux malgré quatre ans de vie commune, tout ce qui pouvait encore arriver en soi. Aucun enfant n'avait davantage demandé à venir que celui-là qui dormait à côté d'elle, et qui, comme s'il avait senti passer un danger, se retourna et poussa un soupir, un très léger soupir. Quand il était bébé, elle avait si peur qu'il s'arrête de respirer. Elle entendit les pas de son mari approcher, s'arrêter derrière la porte. Il se mit à siffler doucement sur l'air d'*Au clair de la lune*, comme il avait l'habitude de le faire. Il sifflait très bien. Une fois, deux fois, à la troisième elle se leva et lui ouvrit, les yeux pleins de larmes. Qu'est-ce qui se passe ? demanda-t-il avec inquiétude. Je rentre au bercail, répondit-elle en souriant à travers ses larmes. C'est si triste ? répondit-il. Parfois, oui, mais ça passe.

Le sphinx des peupliers

Les amis sont partis tard ce soir. Nous avons dîné dehors, ce mois d'août est si chaud. J'avais pendu la lanterne à une branche de l'orme. J'ai rangé, fait la vaisselle en repassant la soirée dans ma tête comme j'aime le faire. Je suis sortie regarder les étoiles. J'ai eu envie de fumer, pour la compagnie. Je ne l'ai pas fait. J'ai fermé les volets et suis montée. Mes lunettes n'étaient pas dans la chambre. Elles étaient sans doute dans le bureau et je suis descendue. Pas de lunettes. Pas de lunettes nulle part. Elles devaient être en haut. Trois fois je suis montée et descendue sans plus de succès. Comme je m'apprêtais à monter une quatrième fois, mes jambes ont refusé. Allais-je passer la nuit en allers-retours ? Je perds tout. Tu te souviens du sécateur que j'ai cherché tout l'après-midi, et quand tu es sorti de ton bureau, tu as fait le tour du jardin et tu l'as trouvé en cinq minutes ? J'ai écouté l'ordre de mes jambes, suis allée dans la cuisine, ai mis de l'eau à bouillir et soudain je me suis souvenue : je les avais mises sur mon nez pour éplucher les carottes, elles devaient être dans la poche de mon tablier. Elles y étaient. Je suis restée debout devant la cuisinière à attendre que l'eau bouille en triturant mes lunettes. Une fois j'ai gardé un ticket de métro roulé sur lui-même toute la journée dans la main. Quand je l'ai découvert le soir toujours dans ma main, j'ai pleuré. Sur cette cuisinière, j'ai préparé cent et cent repas de fête. Je suis montée dans la chambre avec ma tisane et mes lunettes. J'ai ouvert la fenêtre toute grande sur la nuit. Au moment de me déshabiller, j'ai pensé à mon téléphone portable. Où était-il ? Je l'ai appelé avec le combiné du téléphone fixe que je garde à l'étage et ne l'ai pas entendu. Je suis descendue recommencer l'opération au rez-de-chaussée, allant de pièce en pièce, sauf dans la cuisine où, les ondes de la Neufbox ne passant plus, le téléphone ne fonctionne pas. N'ayant rien entendu, et sûre de ne pas l'avoir coupé, il ne pouvait être que dans la cuisine ou les cabinets. Pas de panique.

J'y concentrai mes recherches. Les cabinets furent vite éliminés. La cuisine est vaste, il fallait fouiller partout, frigidaire, placards, car je fais de plus en plus de choses machinales et improbables. Ah, peut-être dans la voiture, j'étais allée en début d'après-midi chercher des fromages de chèvre à la ferme. Oui, c'est sûr, il est dans la voiture. Dans la voiture, je ne trouvai rien. Je deviens folle, folle, dis-je en me frappant la tête sur le volant. Je ne veux pas rester seule. À moins que je l'aie oublié à la ferme ? C'est très probable, je n'ai pas eu de coup de fil de tout l'après-midi, de toute la soirée. Il est plus de minuit, je ne peux pas y aller maintenant. Qui appeler ? Qui réveiller ? J'ai fermé un peu fort la porte en sortant de la voiture et le chien du fermier a lancé un jappement, je le dérangeais dans ses rêves. Il restait le jardin à explorer, mais il valait mieux pour cela attendre le lendemain. Je suis allée tout de même vérifier au pied du weigelia que j'avais taillé dans l'après-midi. On ne sait jamais. Le weigelia est au fond du jardin. Je tâtai la terre, il n'y avait rien. Du fond du jardin, la maison paraît plus grande. J'aime la voir de cet endroit-là, surtout quand les fenêtres sont éclairées la nuit, ton bureau, le bas de l'escalier, notre chambre. Elle me semble respirer la protection au milieu de cette campagne plutôt rude. (Je dis encore *ton* bureau, *notre* chambre, mais ne peux plus te vouvoyer. Ce vouvoiement si consubstantiel à notre couple, je n'y arrive plus, va savoir pourquoi.) Dans cette maison, il y a maintenant une femme seule. Et ce n'est pas logique. Une femme sans emploi. Une femme, vois-tu, qui voudrait trouver de l'emploi dans l'amour, un bon emploi. Mais non, mon Dieu, non, tu ne vas pas, tu ne vas pas recommencer, pousser un homme chez toi comme on pousse des chevaux à entrer dans un van, je faisais cela petite, les si beaux poulains affolés, et même leur mère, et même les chevaux plus vieux, comme ils n'aimaient pas monter dans le van, ho, ho, on criait avec ma sœur et notre oncle, et on nous donnait des bâtons pendant que le fermier tirait le cheval par le licol, sauf les petits poulains bien sûr, il fallait qu'ils suivent leur mère, eux, parfois on devait faire redescendre la jument du van pour qu'elle remonte en entraînant son petit. Nous ne les conduisions ni à l'abattoir ni au marché, nous allions les faire concourir à la foire du canton, après les avoir étrillés et coiffés. Et ma sœur et moi, avec nos petites robes écossaises, nous courions de toutes nos jambes sur la piste pour que la jument suitée montre sa belle allure au bout de la longe. Ce soir la maison est comme le van, et c'est comme si je t'y avais poussé, poussé, pour que tu entres, parce qu'on fait cela dans la vie, pousser, forcer à entrer, comprimer, retenir, étreindre, étouffer, alors que dehors se tiennent le vaste monde et beauté sur beauté. Et comme le cheval était mouillé quand nous arrivions à destination et le faisions descendre, mouillé de la peur qui ne l'avait pas quitté pendant tout le trajet. Non, non, je ne vais pas y faire entrer quelqu'un d'autre, je ne sais plus quel est l'emploi d'amour. La maison brille de toutes ses fenêtres. Elle est belle et attirante. Pendant que j'y entre moi-même, que je remonte, abattue, une énième fois l'escalier, la vision des chevaux me poursuit. On se rapprochait doucement, on rabattait le cheval vers le van. Cerné, maté par la force de celui qui, empoignant le licol et parfois le tord-nez, l'empêchait de se cabrer, le pauvre cheval n'avait d'autre échappatoire que de trébucher, tremblant, sur le plancher du van. Je me déshabille machinalement. Ce n'est pas mouillés qu'il faut dire, c'est trempés, trempés de peur, et une fois arrivés, on tachait de les consoler en les bouchonnant. J'ouvre le lit. À peine couchée, je me demande si j'ai fermé la porte qui donne sur le jardin. Je redescends. Je vérifie les quatre portes. La maison est fermée fermée. J'y suis prise avec mes visions. La première fois que j'ai dû t'essuyer, j'y ai mis toute ma tendresse. Et par la suite j'ai multiplié les gestes consolants. Ce soir ils m'apparaissent aussi brutaux que le tord-nez utilisé par le fermier, te poussant, te contraignant, te rabattant vers la mort. Non, pas brutaux, mais efficaces et répulsivement sûrs d'eux. Ô ma mémoire, trouve-moi, offre-moi un moment où je n'ai pas été sûre de ma force, où je n'ai pas su me protéger, où je n'ai pas trouvé mon compte à te soigner, puisque ce n'était pas à mon tour d'y passer. Redonne-moi les petites jambes de mon enfance quand je courais sur la piste en ayant aussi peur que la jument que je conduisais. Ça fait mal de remonter encore une fois l'escalier. Ma tisane est froide. Je prends un livre de toi sur la table de nuit mais je ne peux pas lire. Un autre te ceindra et te conduira là où tu ne veux pas aller. Que cette parole m'apaise, j'ai été cet autre. La pensée de ton courage m'en donne. Je rouvre le livre, et voilà, je lis. Je lis l'arrivée de Bowmore à Ceylan, la tempête de mousson sur le Galle Face Hotel, la mer couleur de jus de bétel, le soleil comme un astre de théâtre juste avant de descendre dans la fosse de l'océan Indien. Les phrases me prennent, mon cœur s'ouvre, se colore. Le temps se dilate. Je m'attendris de ce que tu as donné à Bowmore le nom de ton whisky préféré. Rêveuse, je lève les yeux, et ce que je découvre me fait d'abord peur car s'est posé sur mon drap sans que je m'en rende compte, beaucoup plus grand qu'aucun de ceux que j'ai jamais vus, un papillon, un papillon de nuit de six à huit centimètres, estimé-je. Ses ailes, son corps, ses antennes comme ses pattes sont du même beige soyeux et clair. Seul un croissant de lune décore les ailes postérieures. Il est très beau, parfaitement immobile, tandis que ses petits congénères sombres volettent dans le faisceau de ma lampe. L'émotion me serre la gorge. Comment est-il arrivé là ? La fenêtre est ouverte mais pourquoi est-il entré, s'est-il posé sur ma jambe pendant que je faisais autre chose, ne l'attendais pas ? Je le regarde longtemps sans plus bouger que lui. Puis j'essaie doucement de plier le genou, il ne réagit pas. Vais-je reprendre ma lecture ? Je me souviens de la première fois où j'ai lu dans ton lit, tu as été mécontent. Nous n'allons pas rester ainsi toute la nuit. Je recommence à lire, je parviens à lire. Au moment de dormir, comme il est toujours là, pareillement sur moi, pareillement immobile, et que je crains de le blesser, je le pousse délicatement sur la carte qui marque ma page et la dépose au sol. Il a dû attendre que j'éteigne, s'assurer que je dorme et que mon cœur avait cessé de m'accuser pour retourner aux ténèbres. Au matin, j'étais seule.

En prenant mon petit déjeuner, j'ai feuilleté une encyclopédie et j'y ai trouvé un nom de roi, le sphinx des peupliers.

Cet ouvrage a été composé
par Nord Compo à Villeneuve-d'Ascq
et achevé d'imprimer en janvier 2014
sur Roto-Page
par l'Imprimerie Floch
à Mayenne
pour le compte des Éditions Stock
31, rue de Fleurus, 75006 Paris

PAPIER À BASE DE FIBRES CERTIFIÉES

Stock s'engage pour l'environnement en réduisant l'empreinte carbone de ses livres.
Celle de cet exemplaire est de :
800 g éq. CO_2
Rendez-vous sur www.editions-stock-durable.fr

Imprimé en France

Dépôt légal : février 2014
N° d'édition : 01 – N° d'impression : 86091
54-51-9580/9